눈부처,
맛난 만남!

_____ 님께

_____ 드림

눈부처

장호병 에세이집

눈부처

초판 발행 | 2020년 9월 30일
재판 인쇄 | 2020년 12월 20일
재판 발행 | 2020년 12월 25일

글쓴이 | 장호병
펴낸이 | 장호병
펴낸곳 | 북랜드
　　　　06252 서울 강남구 강남대로 320, 황화빌딩 1108호
　　　　대표전화 (02)732-4574, (053)252-9114
　　　　팩시밀리 (02)734-4574, (053)252-9334
　　　　등록일 | 1999년 11월 11일
　　　　등록번호 | 제13-615호
　　　　홈페이지 | www.bookland.co.kr
　　　　이-메일 | bookland@hanmail.net

책임편집 | 김인옥
교　　열 | 배성숙 전은경
영　　업 | 최성진

ISBN 978-89-7787-966-9 03810
ISBN 978-89-7787-967-6 05810 (E-book)

값 14,000원

눈부처

장호병 에세이집
이영철 그림

북랜드

머리말

정성 들여 거울을 닦는다.

좀체 지워지지 않는 얼룩
입김을 불어 넣으니
너는
눈부처로 응답하구나.

나를 존재케 하는
너!

나도 너에게
눈부처로 살고 싶다.

경자년 가을에, 장호병

차례

제2부 한 번도 경험하지 못한 세계

제3부 길은 끝나지 않는다

제4부 시간을 가두다

서로
주의주장이 다르고,
설혹 진영이 다르다 할지라
도 스스로 무장해제를 하게 만
드는 지점, 그것은 수사도 으름
장도 아니다. 경청과 겸손
뿐이리라.

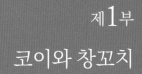

제1부

코이와 창꼬치

만능키

자동차 문 버튼을 눌렀다. 딸깍, 경쾌한 소리와 함께 문이 열려야 했었다. 재차 시도해도 응답이 없다.

아차, 열쇠!

강의실을 나설 때 사용한 USB 회수를 잊지 않으려고 자동차 열쇠와 묶어두고 사용한다. 오늘 저녁엔 자동차 열쇠째로 컴퓨터에 꽂아두고 나왔다. 강의실로 발길을 돌렸지만 야간이라 현관문은 자동으로 잠겨 밖에서는 열 수 없다. 난 감하다. 떨어진 곳의 수위실로 갔다. 가끔 있는 일이라는 당직자의 도움을 받았다.

자물쇠와 열쇠.

딱 맞추어진 열쇠 외엔 어느 것에도 반응하지 않는 자물쇠가 최고의 선이다. 열쇠로선 어떤 자물쇠라도 열 수 있으면 그것은 최선이자 만능이란 소리를 들어 마땅하다.

그는 아날로그 시대의 추억을 이야기한다.

건물 내의 수많은 방과 현관 열쇠를 일일이 들고 다니는 일도 번거롭고, 제 열쇠를 찾는 일 또한 여간 번거로운 일이 아니다. 그래서 소위 마스터키를 사용했단다. 마스터키 하나면 건물 내 모든 문을 딸 수 있었다. 그 구조는 너무나 허술할 정도로 간단하다는 것이다.

열쇠를 옆으로 눕히면 높고 낮은 산들이 이어져 있다. 사실은 거개가 불법으로 근접하는 사람들이 지레 포기하게 만드는 호위무사들이다. 실제로 문을 딸 수 있는 행동대장은 한 지점에만 존재한다고 한다.

어떤 사람의 마음도 움직일 수 있다면 그는 마스터키에 버금갈 것이다. 내 목소리를 높이는 것이, 상대의 목소리를 깔아뭉개는 것이 뜻하는 바를 얻는 데 도움이 된다고 많은 사람들이 믿고 있다.

열쇠가 그럴듯한 장식으로 그 권위를 높이고 있는 것처럼

보여도 본연의 기능은 한 지점에서만 수행되듯이, 사람의
마음도 열리는 지점이 있다.

　서로 주의 주장이 다르고, 설혹 진영이 다르다 할
지라도 스스로 무장해제를 하게 만드는 지점, 그것
은 수사도 으름장도 아니다.
　경청과 겸손뿐이리라.

사랑나무가 있는 언덕 이이천교

만남은 맛남

　까치 소리가 잠을 깨운다. 희미하게 들리는 새들의 지저귐 사이로 자동차 소리가 다가왔다가는 멀어지곤 한다. 오늘은 귀가 먼저 세상 나들이에 나선다. 잠시 후 달콤한 잠자리에서 빠져나와 이불을 털면 햇살이 춤을 추면서 '나, 예 있소.'를 외치면서 인사를 건네 올 것이다.

　하루 일과를 시작하여 잠자리에 들 때까지 나는 계속 무언가와 또는 누군가와 만남을 이어갈 것이다. 때로는 곤한 잠 속에서도 만남을 이어가리라.

　수년 전 시각장애 학생들의 미술전시회에 간 적이 있다. 찰흙으로 빚은 흉상에서 하나같이 크게 튀어나온 눈들이 나의 시선을 사로잡았다. 시각장애아들에게도 '세상으로 나아가고, 세상을 받아들이는 관문'이 눈이라는 사실이 놀라웠다. 그들에게 육신의 눈은 있어야 할 자리를 표시하는 퇴화의 흔적이자 결핍의 상징에 불과한데도 말이다.

이 맹아학교의 이웃 농아학교에 친구가 오래전 근무한 적이 있어 지도교사인 수녀님과 말문이 자연스레 트였다. 두 학교가 전국장애인체육대회에 선수를 내보낼 때의 이야기를 들었다. 선수단의 규모가 크지 않아 그해는 버스 한 대를 이용하여 양 학교 선수가 참가하였단다. 대회를 마치고 며칠 지나지 않아 인솔교사끼리 만났다.

맹아학교 아이들은,

"듣지도 말하지도 못하는 농아학교 아이들이 너무 불쌍해요."

슬픈 표정을 지으며 자신들은 두 귀로 들을 수가 있고 또 하고 싶은 이야기를 말로 표현할 수 있어 다행이라고 말했다.

그러고 보니 버스 안에서 재잘대던 아이들은 모두 자기 학교 시각장애 학생들이었다.

화가들의 경우, 뜬 눈으로 대상을 관찰하고 감은 눈으로는 내면을 성찰하여 그림으로 나타낸다고 한다. 맹아들은 앞을 볼 수는 없었지만 오히려 정상인들이 보지 못하는 부분까지 읽어내는 성숙한 면을 보여주었다.

남의 목 가시보다 제 손톱 밑 가시가 더 아프게 느껴지는 게 인지상정이다. 남을 헤아리기엔 자신들이 가진 장애가 적지 않음에도 그들은 농아들이 불쌍하다고 입을 모았다.

맹아들도 사람이기에 닫힌 문 앞에서, 앞을 볼 수 있는 농아들을 부러워하거나 자신들의 처지를 비관할 수도 있었다. 아니면 듣지도 말하지도 못하는 농아들을 하찮은 부류로 무시할 수도 있었을 것이다. 그럼에도 그들은 반목과 따돌림이 횡행하는 이 시끄러운 세상에서 제대로 보는 것이 어떤 것인지 우리에게 시사하는 바가 적지 않다.

맹아들은, 듣지도 말하지도 못하는 농아들의 장애에 자신들의 처지를 투영하였기에 크게 연민을 느꼈을 것이다. 그 온전한 시각 하나를 농아들이 자랑한다 할지라도, 맹아들은 의당 자랑할 만한 일로 받아들였을 것이다.

나와 다른 남에게서 '나'를 발견할 수 있다면, 그리고 이 세상에 던져진 고독한 존재들끼리 측은지심을 느낄 수 있다면, 서로를 이해하고 배려하면서 함께 살아갈 수 있으리라.

또 내가 전혀 이해할 수 없는 별종들을 만날 수도 있다. 언젠가 나의 빗나간 모습일 수도 있으려니, 비난하거나 탓하기보다는 타산지석의 경계로 삼아야 할 것이다.

농아학교 아이들 역시,

"맹아학교 아이들이 너무 불쌍해요. 볼 수가 없으니 외출은 어떻게 하고 집에는 어떻게 돌아와요. 우리는 이 아름다운 세상을 두 눈으로 즐길 수가 있는데, 맹아학교 아이들은 앞을 볼 수 없잖아요."

'나는 가지지 못했는데, 너는 가지고 있구나.'
보다,
'나는 가지고 있는데, 너는 가지지 못했구나.'

남의 결핍과 아픔에 먼저 연민을 보내는 그들의 순수한 이야기를 듣는 순간 겉으로는 멀쩡한 내가 오히려 부끄러움을 느꼈다.

맹아들은 농아들을 통해 말하고 들을 수 있음에, 농아들은 세상을 볼 수 있음에 자기 위안을 얻고 오히려 상대를 헤아렸다.

조물주는 왜 나를 직접 만날 수 없도록 했을까. 남을 통해서만이 나가 어떤 존재인지 인식하게 한 것은 나 못지않게 남도 존중해야 한다는 의미일 것이다.

너를 만날 때 나의 또 다른 '나'가 증인으로 함께하고 있다는 사실을 평소에는 깜박 잊는다. 매사에 '나'의 동석을 의식하고 있다면 우리는 녹음기 앞이나 CCTV 앞에서처럼 얼마나 부자연스러워지겠나. 가벼운 거짓말은 물론 아무리 화가 나도 막말처럼 심한 표현은 못 할 것이다.

살아간다는 것은 만남의 영속이다. 눈을 뜨면서부터 감을 때까지 수많은 만남에 꼭꼭 등장하건만, 정작 잊고 있는 것은 바로 '나' 자신과의 만남이다. 눈을 두 개나 가지고 있어도 나는 나 자신을 볼 수가 없다. 나 속의 또 다른 '나'를 포함한 타자를 통해서만이 진정한 나의 모습과 마주할 수 있다.

이웃들과 그때그때 이야기하고 내 생각을 펼치는 부지불식간의 나와, '너'라는 거울을 통해 만나게 되는 나 속의 또 다른 '나' 중 어느 것이 나의 본래 모습인지 알 수는 없다.
누구를 만나든 '너'라는 거울 속에서 '나'를 만난다. 내가 정성을 들일 때 교감하는 너가 나에게 진아인 눈부처를 보여

줄 것이다.

　나 또한 너의 눈부처를 보여주려 눈과 귀를 활짝 연다. 너와 마주하는 나는 둘이 아니다. 나 속의 '나'까지 함께 하는 3자 회동이란 사실을 잊지 않는다.

　나가 너에게,
　너가 나에게
　눈부처가 되는 그런 '만남은 맛남'으로 이어지리라.

　'나'가 그림자처럼 함께 이불을 털고 있다. 더없이 눈부신 아침이다.

오이지, 그 남자

　세간의 말에 따르면 그의 성격은 오이지라 한다. 오만하고 이기적이고 지랄 같은 성격 때문에 예측이 불가하다는 것이다. 이렇게 한마디로 표현하기도 어렵다는 생각이 들어 가끔 그는 고소를 금치 못한다.

　젊은 시절 그의 수업을 듣는 학생들에게도 줄곧 존댓말로 응대해왔던 그였지만 자신에게 오만한 생각이 전혀 없다고는 장담할 수 없다. 전화 한 통화로 은근슬쩍 가입을 시켜놓고도 해지를 할라치면 본인 확인이라면서 까다로운 구실을 대는 전화상담원들에게 갑질을 한 것이 어디 한두 번이었던가. 다시는 이러지 않아야겠다고 다짐에 다짐을 하면서도 그게 쉽지만은 않다. 그는 손윗사람들에게는 공손, 손아랫사람들에게는 겸손을 최고의 덕목으로 삼는다.

어느 날 페이스북에서 그는 한 여인으로부터 친구신청을 받았다. 몇 안 되는 그녀의 친구 중 함께 아는 이가 한 명 있었다. 이제 페이스북을 갓 시작하였구나 생각하면서 수락을 눌렀다. 며칠 뒤 메신저를 통하여 고맙다는 메시지를 받았다. 관례대로 그는 페이스북에서 좋은 친구가 되겠다는 답장을 보냈다. 어느 날 그녀로부터 이메일을 확인해달라는 메시지가 왔다.

그녀는 지금 아프가니스탄에서 복무하고 있는
34세의 미군 간호사 Susan Mary였다.

9.11테러로 여동생과 아버지를 잃었고, 그 충격으로 얼마 지나지 않아 어머니마저 돌아가셨다. 세상에 홀로 남겨진 그녀는 힘들게 대학에서 경영학을 전공했다. 믿고 사랑했던 남편은 그녀의 절친과 바람이 나서 이혼한 후 그녀는 남자에 대한 불신으로 4년 동안 혼자이며 6살 난 딸은 보모가 키우고 있다고 한다. 자신의 비극적인 가족사가 뼈에 사무쳐 국제테러조직을 응징하고자 군에 자원입대하였단다.

이 미군 또래의 딸을 둔 그 남자, 그녀가 너무나 불쌍하게 여겨졌다. 어린 딸을 위해서라도 힘을 낼 것과 좋은 어머니가 되어줄 것을 당부하였다. 사람들이 아프가니스탄 소식을 잊을 만하면 텔레비전이나 신문이 전쟁 상황을 중계하듯 보도하고 있기에 그는 그곳이 얼마나 위험한지 안다. 온전한 몸으로 딸에게 돌아가기 위해서라도 신변관리에 특히 유념할 것을 그녀에게 주문하였다. 메일을 받게 되어 안도한다는 내용으로 시작하고, 그녀의 안전을 위해 기도한다는 표현으로 끝을 맺는 것이 그의 메일 형식이 되어버렸다.

이 세상 아버지의 마음으로 보내준 관심과 위로를 고맙게 받아들인 그녀는 "I love you."란 표현을 자주 했다. 그리고 그 남자에 대해 더 많은 것을 알고 싶어 했다.

아들딸은 모두 결혼을 하였고, 주중에는 아내와 단둘이 살지만 주말이면 아들 내외가 손녀들을 앞세워 다녀가는 등 평범한 할아버지의 행복한 삶을 이야기해주었다. Mary도 멋진 남자를 만나 딸 Melly와 행복하기를 바란다고 썼다. 마침 영문 에세이집 원고가 있어 그녀에게 통째로 보내주었다.

어느 때부터인가 그녀의 메일에는 '다링' '하니' 등의 단어가 등장하면서 통통한 볼살의 사진이 첨부되기도 했다. 오래지 않아 한국을 방문하고 싶다고 했다.

Darling, Honey란 표현에 도리질을 하지만 거기에는 묘한 중독성이 있었다.

귓속 속삭임처럼 온몸을 감전시켰고, 가슴을 일렁이게했다.

"내 피와 당신, 단 하나 차이점이 있습니다. 피는 심장에 들어왔다가는 돌아나가기라도 하는데, 당신은 내 심장에 한번 들어와서는 붙박이가 되었습니다. 매일 저녁 당신 품 안에서 잠들고 싶습니다."

그녀는 영혼을 깨워주어 고맙다면서, 그 남자의 마지막 여인이 되겠노라 고백했다. 심사숙고 끝에 딸 Melly에게도 자신의 뜻을 밝혔단다.

'생사를 넘나드는 전장이니 잠시 그런 생각으로나마 자신을 다독이고 있을 거야.'

30년의 나이 차, 무엇보다도 사랑하는 아내가 있고 손녀까지 있는 아버지뻘의 할아버지이기에 그는 단호하게 "No!"를 날렸다.

'한국에 오면 만나야 하나, 말아야 하나.'

오이지, 그 남자

머리를 저으면서도 마음 한구석에 도사리고 있는 도둑심보에 그는 적잖이 놀랐다.

중요 작전에 투입된다면서 무사귀환을 위해 기도해 달라는 메일을 받고 즉시 답신을 보냈다.

"행운을 비네. 나의 닉네임은 봉황터the nest of Phoenix. 넌 피닉스! 꼭 봉황터로 날아와야 해! 기도할게."

수신확인이 되지 않은 채 소식이 끊겼다.

하느님, 하나님, 부처님, 알라…… 세상의 신이란 신 모두에게 간절하게 매달렸다.

피를 말리는 나흘이 지났다. 3명의 병사가 희생된 가운데 자신은 가벼운 부상을 입은 채 무사히 귀환한 것이 기도 덕분이라면서 감사 메일을 보내왔다.

연이어 날아온 메일에는 탈레반이 숨겨둔 현금과 전리품 중 극히 일부를 작전팀원끼리 나누어 갖도록 지휘관이 인정하였단다. 그녀의 몫은 450만 달러로 영국적십자를 통하여 아프가니스탄에서 일단 반출하여야 한다고 했다. 자신에게는 가족이 없어 그에게로, 전달하려 하니 인적사항 등을 정확히 보내달라고 하였다.

한화로 자그마치 50억에 가까운 돈이었다.

꿈에도 만지지 못할 거금이 나의 계좌로,
돈벼락이다.

내 돈은 아니지만 가슴이 설렜다, 전율이 일었다. 그러나,
"우선 사지로부터의 무사귀환을 신께 감사한다. 그런데
Mary 너는 범법 행위에 빠져들고 있구나. 돈에 욕심내지
말고 부디 좋은 어머니로 남아야 해."
이후 수차례 그녀로부터 실명과 주소, 전화 등 인적사항의
요구가 있었지만 그는 끝내 응하지 않았다.

오지랖 넓고, 이기적이며, 예측을 불허하는 지랄 같은 B형,
그 남자의 짜릿한 사랑은 이렇게 열흘 만에 막을 내렸다.

코이 vs 창꼬치

"네가 본 게, 아는 게 전부가 아니다."

강변하면서도, 정작 자신의 경우는 예외라 생각하기 쉽다. 살아가면서 환경이나 생태계의 요구에 따라 수컷이 암컷으로, 또는 암컷이 수컷으로 성전환을 하는 어류나 식물이 있고 보면 경험의 맹신이 얼마나 어이없는 일인가.

이보다 훨씬 더 신비한 것은 비단잉어의 일종인 코이의 경우이다.

코이 치어는 책상 위 작은 어항에서는 3~8cm 정도로 자라지만 수족관에 넣으면 30cm 정도, 연못에 넣으면 70cm 이상까지 자란다고 한다.

자신이 생존하고 활동하기 좋을 만큼 DNA를 스스로 조율하기 때문이다.

이를 반영하기라도 하듯 우리나라에서는 '우물 안 개구리' '말은 제주도로, 사람은 서울로'란 말이 있다. 물론 제주도나 서울은 단순히 지역을 뜻하는 것이 아니라 보다 넓은 세계를 의미한다. 세상을 보는 안목은 자신이 처한 환경이나 수준을 벗어나지 못하니 더 큰 가능성의 세계로 나아가란 뜻이다.

날카로운 이빨을 가진 몸 길이 50cm 정도의 사나운 물고기, 창꼬치에 관한 이야기 또한 신비하다. 이 고기의 적응력을 알아보기 위해 연구자들이 작은 물고기가 든 투명 어항을 창꼬치가 들어 있는 수족관에 넣었다. 예상대로 창꼬치는 어항 속 고기들을 향해 돌진했다. 자신의 몸이 만신창이가 되었을 때에야 비로소 공격을 포기했다.

다시 연구자들이 어항 속 고기들을 어항 밖 수족관에 풀어

주었는데도 창꼬치는 더 이상 이들을 공격하지 않았다.

학습한 지식이 새로운 환경에서 전혀 쓸모가 없어졌다는 사실을 창꼬치는 알지 못했기 때문이다.

역경을 헤쳐 나온 사람일수록 자신의 체험이나 경험을 맹신하는 나머지 다른 사람들과 의견을 조율하지도, 타협하지도 못하는 경우를 자주 본다. 체험이나 지식이 얼마나 중요한지는 아무리 강조해도 지나치지 않다. 하지만 대부분의 경우 지식수준이나 경험이 부족해서라기보다 바뀐 시대 상황을 제대로 알지 못하는 데서 문제가 불거진다.

산업화 세대는 허리띠가 양식인 양 굶기를 마다하지 않았다. 가난을 대물림하지 않으려고 후세교육과 부의 축적에 혼신의 힘을 쏟았다.

자식들을 향한 산업화 세대의 맹목에 가까운 교육열과 경제력이 뒷받침되지 않았다면 이만큼의 민주화가 가능했을까.

산업화를 이루고 곧이어 민주화가 이루어졌다. 외국의 구호물자에 의존했던 대한민국은 경제적 홀로서기와 세계가 부러워하는 민주화까지 숨 가쁘게 달려와 강소국가가 되었다.

우리가 이렇게 당당하게 국제무대에 나섰던 적이 있었던가. 이제 남의 손에 우리의 운명을 맡겨야 하는 약소국 대한민국이 아니다.

덕분에 중국을 비롯하여 우리보다 큰 나라로 여행을 가서는 그들로부터 발 시중을 받는다. 잠시 우리가 우쭐하여 방심하거나 내분에 휩싸여 지속적인 발전을 이어가지 못한다면 어떻게 될까.

우리 후손들이 외국 관광객들의 발 수발을 감당해야 할지도 모른다.

우리는 글로벌 환경에서 내밀하게 국가발전을 도모하여 주체적으로 세계에 영향력을 행사해야 하는 운명의 기로에 서 있다.

산업화 시대의 절대가치가 민주화 세대에게 통할 리 없다. 민주화가 이루어진 마당에는 민주화를 부르짖던 시대의 금과옥조들이 새로운 시대정신의 발목을 잡아서도 안 된다.

전문가에게 귀 기울이기보다는 바뀐 상황은 제쳐두고 자신의 지식과 체험만을 고집하느라 세상이 시끄럽다. 저마다의 주장이 전혀 틀리다고는 할 수 없다.

그러나 '토착왜구'니 '대깨문'이니 하는 편 가르기는 보다 넓은 세계로 나아가는 데 전혀 도움이 되지 않는다.

코이는 자신의 환경을 스스로 선택할 수 없다. 하지만 사람은 어항이나 수족관 혹은 연못에 머물 것인지, 강이나 바다 혹은 우주로 나아갈 것인가를 스스로 결정할 수 있다.

산업화니, 민주화니 하는 이미 쓸모가 없어진 어제의 체험과 가치에 발목이 잡히는 창꼬치는 되지 말아야 하겠다.

크로노스와 카이로스

　자식을 집어삼키는 아버지, 그가 크로노스다.

　대지의 여신 가이아는 계속된 출산의 고통이 너무 힘들었던가 보다. 하늘의 신 우라노스가 가까이 오지 못하게 해줄 것을 아들들에게 부탁했다. 아직 철이 들지 않아 아버지 무서운 줄 모르는 막내아들 크로노스가 날카롭게 벼린 낫을 숨기고 엄마의 이불 속에서 아버지를 기다렸다. 우라노스가 이불 속에 몸을 들이밀자 낫으로 아비의 양물을 잘라버렸다.

　크로노스는 세상 권력을 쥐었으나 자신이 아비를 몰아내었으니, 자식들 또한 아비를 몰아낼 것이라는 불안에 사로잡혔다. 자식이 태어나면 다 집어삼켰다. 아내 레아는 한 아이를 빼돌렸다. 그가 장성하여 돌아와 아비를 몰아낸 제우스이다.

그리스신화 이야기이다.

윤리를 말하려는 것이 아니다. 시간의 3태, 과거 현재 미래의 흐름은 인간의 어떤 힘으로도 바꿀 수 없음을 웅변한다. 그럼 우리는 어디에 머물고 있는가.

과거는 흘러간 시간이어서, 현재는 점처럼 크기가 정해지지 않은 좌표여서, 미래는 오지 않은 시간이어서 우리는 어디에도 머물지 못하고 있다.

다만 우리가 존재하는 현재는 머무는 시간이 아니라 미래로의 진행과정 속이라 할 것이다.

제우스의 아들 카이로스는 우리들 눈앞에 나타나도 누군지 알아보기 쉽지 않을 만큼 앞머리가 무성하지만 마음만 먹으면 누구나 쉽게 움켜잡을 수 있다. 뒤가 민머리라 일단 놓치면 다시 잡기 어렵다. 등이나 발에는 날개가 달려있어 빨리 지나간다. 잡을지 말지 정확한 판단과 신속한 결단을 암시하는 저울이나 반달칼을 들고 나타나는 그는 기회의 신이다.

사랑신화
·가천2

일단 흘러간 시간은 계량이 가능한 절대적 시간이다. 이름하여 크로노스의 시간, 집어삼켜진 시간은 우리가 관리할 수 없다. 반면에 앞으로 사용하게 될 창고 속 시간은 우리가 목적을 가지고 포착하는 주관적 시간이다. 이름하여 카이로스의 시간, 기회의 시간이다. 1년이란 물리적 시간은 경우에 따라 그 효율을 두 배 세 배 올리는 긴 시간이 되기도 하지만 찰나에 지나갈 수도 있다.

우리는 미래로의 진행과정 속에서 살고 있다.

그럼에도 크로노스의 흘러간 시간 속에서 한 발자국도 나아가지 못하고 있음을 자주 본다. 특히 타인의 과거에 원죄의 굴레를 씌우기도 한다. 그가 이후에 어떤 삶을 살았는가는 아예 거들떠보려고도 하지 않는다.

반면에 좋은 의도로 시작했던 우리의 일이 시간이 지나면서 그릇되어가고 있어도 바로잡으려 하지 않고 오히려 눈을 감기가 일쑤이다.

타자에 대한 크로노스의 시간을 두고 추상같은 평가를 시도하는 일을 탓하려는 것은 아니다. 문제는 오늘의 우리가 되돌릴 수도 관리할 수도 없는 시간과 일에 비수를 들이대는 것은 그 불똥이 나와는 무관하기 때문일 것이다.

누붙서 크로노스와 카이로스

적확한 분석이나 평가는 나의 카이로스 시간에서 더 냉철한 잣대로 작용해야 한다. 느슨해지는 잣대는 떠안아야 할 책임을 피하기 위해서이다.

오늘 카이로스의 시간도 곧 크로노스의 시간이 된다.

미래도 종국에는 크로노스의 시간이 된다. 크로노스의 삶에 안주하는 것이 아니라 앞으로 나아가는 카이로스의 시간, 카이로스의 삶에 지혜와 힘을 모아야 할 때이다.

탈

Fine feathers make good birds(옷이 날개다).

신은 공작에게 노고지리가 부러워하는 화려한 옷을 주었다. 이 서양 속담을 액면 그대로 받아들이자면 공작은 좋은 새이고, 노고지리는 나쁜 새일까? 눈부시지만 거추장스런 옷 때문에 하늘을 날지 못하는 공작이 노고지리의 무한자유를 부러워한다. 노고지리는 그 사실을 알기나 할까? 서로 채울 수 없는 것을 아무리 부러워한들

공작은 공작으로, 노고지리는 노고지리로

한 생을 살아내야 한다.

신은 이 세상 생명체를 창조할 때 저마다에게 살아가기에 적합한 옷을 주었다. 점박이 옷을 입고 태어난 표범새끼는 나약할지라도 어른사슴이 함부로 덤비지 못한다. 날카로운 발톱과 이빨을 가진 표범이라고 해서 배가 고프지 않은 것은 아니다. 순간적인 가속도는 낼 수 있어도 멀리 달리지는 못한다. 반면에 변변하게 내세울 뿔조차 없는 녀석들은 오래 달릴 수 있거나 쉽게 몸을 숨길 수가 있다.

쫓기기만 하는 사슴이나 토끼는
맹수들이 훨씬 잦은 굶주림 속에서 살고 있다
는 사실을 모른다. 하늘 같은 범이지만 토끼가 마냥 범을 부러워하면서 못난 자신을 탓할 일은 아니다. 신이 지정해준 자신의 옷을 입고 토끼로 살면 되는 것이다.
신은 왜 사람에게는 옷을 마련해주지 않았을까.

옷.
사람의 모습이다. 사람이 곧 옷인 것이다.
호랑이의 옷이냐, 토끼의 옷이냐?
공작의 옷이냐, 노고지리의 옷이냐?

어떤 옷을 입고 살 것인지는 순전히 인간이 자유 의지로 선택해야 한다.

오늘은 노고지리의 옷을 입지만 내일은 공작의 옷을 입을 수도 있다. 또 어제는 공작의 옷을 입었어도 내일은 노고지리의 옷을 입고 살아갈 수도 있는 것이다. 사람은 자유 의지로 옷을 만들어 입어야 한다.

처음으로 옷을 입은 인간은 아담과 이브이다. 그들이 입은 옷은 염치를 중히 여김으로써 남의 눈을 편안하게 하기 위한 옷, 순전히 나를 돌아보려던 옷이었다.

나의 옷에는 나의 자유 의지가 들어 있었던가.

진화라는 이름으로 업신여겨지지 않으려는 옷, 남을 기선 제압하려는 옷을 끊임없이 찾고 있지는 않는지. 그래서 토끼 앞에서는 여우나 늑대의 옷으로 갈아입어야 했었다. 여우 앞에서는 범의 옷으로 갈아입으려 죽을힘을 다하고 있는 게 나의 삶이 아니라고 부정하기 어렵다. 내 앞의 대상에 따라 어느 날은 여우나 늑대로, 혹은 범으로 바뀌어야겠다는 나는 누구인가.

누부처 탈

내가 누구여야 하는지, 이 나이에도 길을 자주 잃는다.

옷장에는 수많은 옷들이 나를 기다리고 있지만 어느 것도 남 앞에서 나를 편안하게 하지 못한다. 수수하지만 깨끗한 의복이 좋은 소개장이란 말이 있건만 명품 브랜드 앞에서 어깨처지는 나를 발견한다.

신이 나에게 부여한 자유 의지, 나란 사람이 곧 '옷'이라면 장아무개로 족해야 하거늘, 아직도 나름 무게를 저울질하는 나는 마음의 가난을 벗어나지 못하고 있다. 옷을 '탈'로 여기고 있음이리라.

옷처럼 신이 인간에게 자유 의지를 선사한 게 하나 더 있다. 말이다.

미국의 개나 한국의 개나 그들이 난생처음 만나더라도 통역이 필요하지는 않다.

그런데 한 이불을 덮고 사는 부부간의 '사랑한다'는 말속에 정작 사랑이 들어 있지 않을 수도 있는 것이 사람의 말이다.

너에 비하여 허약한 '나'이지만, '나'라는 존재에게도 너 이상의 의미가 있을 것이다.

옷이나 말, 또는 신분이라는 탈로 나를 허수아비로 만들 필요가 있으랴.

사르트르는 1964년 노벨상 수상자로 선정되었다는 소식을 듣고 달려온 기자에게 빗속 거리에서 바로 수상 거부 인터뷰를 하였다. 동일한 작품이지만 '장 폴 사르트르'의 작품과 '노벨상 수상자 장 폴 사르트르'의 작품 사이의 괴리를 독자들에게 주기 싫었던 것이다. '노벨상 수상자'란 관형어보다는 '장 폴 사르트르'는 '장 폴 사르트르'면 족하다는 그가 부럽다.

나의 허세를 덮어줄 옷이나 말, 관형어로부터 자유로운, 신이 나에게 부여해준 자유 의지를 마음껏 누리고 싶다.
노고지리가 창공을 나는 무한자유를 누리는 노고지리이면 되듯이 나는 '장호병'이면 족한 것이다.

누부처 탈

히크 에트 눙크

기도 아닌 삶이 없다.

노력에 비해 결과가 빈약하지 않으면 좋겠고, 번 돈 중에서 저축을 많이 할 수 있도록 불필요한 지출이 없으면 좋겠다. 자녀들 또한 학원 근처에는 가보지 않아도 원하는 대학에 진학하면 오죽 좋았으랴. 이웃들이 나를 향해 엄지를 세워준다면 이 또한 살맛 나는 일이다.

이러한 것들이 나의 기도에 포함된다는 사실을 잊은 채 살아간다. 기도는 지나치게 분산되어 있을 뿐이지 기도에 닿지 않은 것은 없다. 기도로 하루하루를 열었다면 오늘 아무리 큰 일이 앞을 가로막는다 할지라도 나는 어제 같은 오늘을 살 것이다.

어느 날 간절히 바라던 일 앞에서, 또는 뜻하지 않은 위급한 상황 앞에서 우리는 기도에 매달릴 수밖에 없다.

나도 불확실한 앞날에 대한 중대 결정을 앞두고 좌불안석의 나날을 보낸 적이 있다. 용하다는 점집 이야기를 귀 너머로는 많이 들었지만 막상 내 발로 찾아 나설 수는 없었다.

맞아, 갓바위 부처님!

갓바위 부처님은 간절히 기도하는 이에게 한 가지 소원은 들어준다. 그래서 밤낮을 가리지 않고 많은 사람들이 모여든다. 때론 발을 들여놓을 틈이 없다. 소망하는 바는 많은데 왜 부처님은 하나의 기도에만 응답을 하실까?

새벽안개 헤치며, 산길을 오른다. 졸고 있던 가로등이 인기척에 흠칫 놀라더니 반가운 기색을 한다. 이따금 찬바람이 마음을 다잡아야 한다고 옷깃을 여미게 한다. 쉬엄쉬엄 앞사람의 뒤를 보며 올라왔건만 어느새 땀이 기분을 상쾌하게 한다. 점점 시야가 넓어진다 하였더니, 저 멀리 희붐하게 도시가 눈에 들어온다. 점점의 불빛이 하나둘 사라지면서 도시가 홰를 치듯 어둠을 몰아내고 있다. 드디어 정상, 우선 부처님께 삼배.

"어, 귀하가 웬일이신가?"

단도직입적으로 물으신다.

"일천 명이 넘는 단체의 무보수 봉사직 회장으로 입후보하려 합니다. 비용과 시간이 만만치 않습니다. 낙선이라도 하면 사서 불명예를 감당해야 합니다. 제가 출마한다면 당선할 수 있을까요? 아예 단념을 할까요?"

"이 사람아, 점치러 왔는가, 기도하러 왔는가?"

"기도드리면 제 소원을 들어주실 건가요?"

"기도는 해 본 적이 있고?"

"물론 해 보았지요. 하지만 응답이 신통치 않았습니다."

"허허, 기도에 응답이 없었다. 간절하지 않았으니,

맨입에 했겠지!"

"와, 족집게이시네요. 과연 부처님이십니다."

"어느 해 초파일, 법당 문간에 기대어 나와 잠시 눈맞춤하던 그대 기억하네."

"······."

"잠시 후면 이곳은 사람들로 꽉 찰 거야. 소원을 빌러 오는 그 많은 사람들에 비하면 소원의 종류는 열 손가락을 다 꼽

을 필요도 없어."

"지금은 모두 좋은 대학에 입학이나 시켜 달라 하겠지요."

"무턱대고 달라고만 하니 딱한 중생들이지. 자신이 한 일을 돌이켜보면 알 텐데. 원하는 것을 얻기 위해서는 무언가 내놓을 것도 있어야지. 까짓 회장은 해서 무엇 하게? 그리고 회장을 한다면 그대는 무엇을 내놓겠나?"

"……."

"솔직히 말하지, 난 그대를 회장 시켜줄 힘이 없네. 그래, 사람들 만나기는 좋아하는가?"

"좋아한다고는 할 수 없습니다. 같은 사람과 30분 정도도 마주하기가 버겁습니다. 반복되는 대화, 사적인 대화, 알맹이 없는 대화에는 저도 모르게 몸이 뒤틀리거나 하품을 참아내야 합니다."

"허허, 안 되겠네. 상대 진영 친구를 만나면 어쩌나?"

"어차피 내 표도 아닌 바에야, 아무래도 데면데면할 수밖에 없습니다."

"허허, 안 되지, 안 돼! 친구는 가까이, 적은 더 가까이란 말이 있지. 그대의 편이 아닐수록 더 다정하게, 손아귀에 더 많이 힘을 주어 악수하게나."

"의외입니다."

"한마디 더 함세. 맨입에 기도하지 말라는 것은 불전함에 돈을 많이 넣으란 의미는 아니네. 무턱대고 달라고만 하지 말고, 원하는 것을 얻기 위해서는 무엇을 내놓을지를 결심해야 하네. 그리고 원하는 바를 얻을 수 있을 때까지 확답을 받아야 하네."

"……."

"기도란 그대의 인생에게 길을 묻는 것, 끊임없이 질문을 하게나. 난 그대의 인생이 되어 답할 테니. 이 높은 곳까지 올라와 준 정성은 갸륵하네만 구태여 그럴 필요는 없었네. 난, 히크 에트 눙크hic et nunc : here and now! 그대들이 나를 부른다면 어디서나 언제나 응답하네."

부처님이 가르쳐준 대로 나는 나의 인생에게 길을 물었고, 부처님은 그때마다 친절히 응답해주셨다. 다만 원하는 것을 얻기 위해 내가 무엇을 내놓을지는 아직 부처님께 답을 못하고 있다.

'아' 다르고, '어' 다르다

　상대의 말이 섭섭하게 들릴 때 흔히 '아 다르고, 어 다르다.'
고 말한다. 인구에 회자될 때에는 그만한 낭패의 경우가 있었
으렸다. 표현된 아와 어 사이에는 엄청난 괴리가 있었을 법하
다. 말한 사람의 메시지가 듣는 사람에게 엉뚱하게 전해졌다
는 뜻인데 어떤 경우인지 짐작이 가지 않는다.

　시계를 조선 시대쯤으로 되돌려 어느 상청喪廳에 들렀다.

　망자의 아들딸과 평소 그를 흠모하던 지인, 친척 들이 각
자 슬픔을 표하고 있다. 초상이 났으니 슬프고哀 울음이哭 나
오기 마련이다. 망극지통을 당한 아들딸 며느리 등 상제들은
애곡哀哭으로 "애고哀孤 애고哀孤 애고哀孤"라 하였다. 초상 기

간에는 밤낮을 가리지 않고 곡소리가 이어져야 한다. 눈물이 앞을 가리지 않더라도 곡을 계속하였으니 리듬을 타 "아이고 아이고 아이고"로 변화된 것이 아닌가 여겨진다.

망인의 형제 사위 손자 그리고 조문객은 자신을 낳아준 부모의 죽음이 아니기에 탄식하거나 흐느끼면서 "허희歔欷 허희歔欷 허희歔欷" 하던 것이 "어이 어이 어이"로 굳어진 것으로 보는 이들이 있다.

빈소에서 함께 조문객을 맞이하더라도 '아이고'로 곡을 한다면 그는 아들일 것으로, '어이'로 곡을 한다면 사위나 손자쯤으로 짐작할 수가 있다. '아 다르고, 어 다르다'가 곡소리에서 연유한다는 것에도 미진한 구석은 있다.

암튼 같은 사안을 두고 양자 중 한쪽이 기대에 미치지 못할 정도로 그릇되게 세상을 읽었다는 뜻이다.

시인詩人은 곧 시인視人이라는 말에 많은 사람들이 동의한다. 시인은 하늘의 섭리를 사람들에게, 삶의 애환을 하늘에 전하는 메신저라 말하는 이도 있다. 제대로 보아야 한다는 것을 전제한다. 그런데 우리는 눈앞 사물이나 세상을 왜 제대로 보기가 어려울까.

'백문이불여일견百聞而不如一見'이란 말이 있다.

보는 것만큼 확실한 게 없지만 시각은 그 완벽성에도 불구하고 직진성 때문에 물리적 장애물 앞에서는 속수무책이다. 때론 '백견이불여일청百見而不如一聽'일 수도 있다.

귀를 왕으로 하여, 열의 눈으로 살피고,
한마음으로 다가가라.

귀는 마음의 눈이다. 제대로 보기 위해서는 드러난 현상은 물론 드러나지 않은 세계까지 훤히 꿰뚫어야 한다.
몸은 모음의 준말이다. 몸을 볼 때 머리에서 발끝까지 신체 각 부위를 모은 것을 보면서 정작 거기에 함께 모아둔 마음이나 정신은 지나쳐 버리기 일쑤이다.

몸이 우선 신체 각 부위의 집합이라는 사실에 주목해 본다.
신체는 무의식에 저장되었던 체험이나 학습 내용만을 기억하여 신체언어로 반응한다. 욕망과 충족이라는 이드id가 여기에 해당된다. 즉 과거 지향적이다. 육안은 신체언어의 창으로서 사물 자체의 진실이나 참가치보다는 나에게 미칠 효용성이나 이해 때문에 부지불식간에 세상을 잘못 읽기가 쉽다.

또 몸에는 마음이나 정신 등 비가시적 의식작용도 모여 있다. 의식은 거대문명을 유지하기 위한 규범이며 기호문자인 언어로 표현된다. 양심과 절제라는 초자아superego 쪽이다. 미래 지향적이기 때문에 경우에 따라서는 일방적인 지시, 통제, 억압 등을 수반한다.

'나'라는 존재 구조 역시 과거 지향의 신체언어와 미래 지향의 기호문자인 언어 사이에서 세상을 읽기 마련이다. 신체는 오직 하나로 나의 학습내용에 반영된 신체언어로 존재성을 드러내려 하지만, 의식은 현재를 희생하더라도 미래를 향해 살 것을 요구한다.

다행히 우리에게는 위의 양자를 조율할 수 있는 자아ego가 있다.

눈을 뜨고도, 귀를 열고도 우리가 어떤 사물이나 세상을 제대로 읽지 못하는 것은 나에게 다가올 유·불리를 먼저 생각하기 때문이다. 나의 입장에서가 아니라 청聽의 마음으로 상대의 진정성 자체를 읽어내려는 노력이 있는 한 세상은 아름다울 것이다.

동전의 한 면이 다른 한 면을 부정할 수 없듯이, 세계를 '전부나 전무all or nothing'로만 볼 수는 없다. 그래서 우리가 세상을 본다는 것은 '나에게 무엇을 갖다 줄 것인가'와 '그것 자체의 본성이나 진실'에 초점을 맞추고 이 양자를 조율하는 일이다.

인간이 여타 하등동물과 다른 것은 언어를 가지고 있다는 점이다. 표현에 있어서도 하등동물이 즉각적 신호적 반응 signal reaction을 보이는 데 반하여, 인간은 표현의 이면이나 행간을 음미하여 진정성을 읽는 등 시간을 두고 상징적 표현 symbolic expression을 한다는 점이다. 이는 곧 한 시대, 한 집단의 문화라 할 것이다.

'아 다르고, 어 다르다'는 화자의 표현에 방점을 찍어온 게 사실이다. 이제 달라져야겠다.

쑥떡같이 말해도 찰떡처럼 진정성을 받아들이는, '어?'보다는 '아!'로 화답하는 문화가 정착되기를 기대한다.

사랑꽃 나라 여이해랑

이 진사가 그리운 시대

　구한말 경상도 한 고을에 천석꾼 이 진사가 살고 있었다. 열두 살 아들을 장가들여서는 일본 동경으로 유학을 보냈다. 신혼의 단꿈에 젖어 있어야 할 열일곱 살 신부는 어른 봉양은 물론, 큰살림을 도맡아 꾸리느라 손에 물 마를 날이 없었다.

　십수 년이 지나 아들이 돌아왔다. 그는 아버지께 이혼을 해야겠으니 부디 허락해달라면서 어렵게 입을 열었다. 이 진사의 입장은 참으로 난감하였다. 신혼의 단꿈도 누리지 못한 착한 며느리에게 이제까지의 고생을 보상할 겸 이웃에 깨가 쏟아질 새살림을 차려줄 요량이었다. 양심상으로 보아도 이혼은 꿈도 꿀 수 없는 일이었다.

"그래, 네가 그렇게 생각했다면 필시 이유가 있을 터, 어디 한번 너의 생각을 들어보기라도 하자."

"아버지, 생각해보셔요.
저는 동경 유학파 학사 출신인데 아내는 초등학교도 졸업하지 못한 무학입니다.
지적 수준이 맞지 않는데 평생을 함께 살자니 앞날이 캄캄합니다."

"그래, 수준이 맞지 않는데 평생을 함께 살기는 어렵겠구나. 할 수 없지. 그럼 이혼하렴. 허허."

"……"

"아들, 내 말도 한번 들어보렴. 네가 알다시피 나는 이 지역에서에서는 누구나 다 아는 천석꾼이다. 그런데 네 어미 앞으로 명의가 된 재산은 단돈 일전도 없다.
우리 부부 역시 재산상 수준이 맞지 않으니 남은 생을 함께할 수가 없구나.

그러니 이혼을 해야겠다. 아비가 먼저 한 연후에 네가 하는 것이 당연한 순리이겠지?"

어머니를 이혼시킬 수는 없었기에 아들은 없었던 일로 해 달라면서 무릎을 꿇었다.

그의 사전에 이혼이란 말은 없었지만 이 진사는 끈기 있게 아들이 기꺼이 수용할 수 있는 진술을 던짐으로써 아들 스스로 이혼이란 말을 취소하게 만들었다.

요즘 우리 사회의 커뮤니케이션 양태를 돌아보게 된다.

커뮤니케이션의 라틴어 어원 커뮤니케어에는 진보를 위한 나눔과 일치란 뜻이 내포되어 있다.

서로에게 득이 될 수 있도록, 어금지금한 수준이 되도록 나누고 상대에게 양보하여야 한다. 쌍방향 소통, 즉 공감대 형성이 뒤따라야 한다. 상대가 받아들일 수 있는 말인지 먼저 생각해 보아야 한다. 그럼에도 남의 말에는 귀 기울일 마음이 전혀 없으면서 제 할 말만 내뱉는 것은 무언가를 빼앗으려는 작전에 다름 아니다.

그럴 수도 있겠다는 의견은 아예 무시된 채 흑백논리만 판을 친다. 세상이 바뀌면 어제의 승자와 오늘의 승자는 극명하게 자리를 바꾼다. 또 언젠가 세상이 바뀌기를 꿈꾸면서 흑백논리를 벗어나려 하지 않으니 우리 사회는 오히려 과거로 함몰되어 가고 있는 것은 아닐까.

나와 다름이 전혀 설 자리가 없는 세상을 우리는 경계해야 한다.

우리 또는 나와 다른 소수나 약자의 의견을 존중하고, 여기에 잠시라도 귀 기울이는 문화가 수용되었더라면 한때 우리 시대의 사계 영웅들이 미투의 나락으로 떨어지는 모습을 지켜보지 않아도 되었으리라. 우리가 세상을 향해 돌을 던지는 비판자의 위치에 있으나 우리 또한 이 사회의 구성원들이기에 마음이 개운하지만은 않다.

커뮤니케이션의 원리는 이미 공자의 시대에도 정립되어 있었다. 군자는 덕으로 몸을 닦아야[以德修身] 한다. 덕德을 파자하면 대상을 대함에 있어서 열의 눈을 동원하여 두 눈이 보지 못하는 부분까지 세심하게 살펴 서로 한마음에 이르게 하여야 한다는 것을 알 수 있다. 덕은 삶의 중요한 덕목이자, 이를 실천하려는 구체적 행위야말로 공자가 꿈꾸었던 정치였을 것이다.

우리의 표현이 닿을 수 없는 먼 거리에 있다 하더라도 실망할 필요는 없다. 진보를 향한 지향점이 같은 이상, 덕德을 실천하겠다는 의지만 있으면 오늘날처럼 목소리 높여 인민재판인 양 세상을 한 판에 뒤집으려 하지 않아도 될 것이다.

이 진사처럼 시종 일관된 메시지를 유지하면서도 청자의 마음을 헤아리는 진술을 통하여 남을 설득해내려는 인내심과 자기 연구가 뒤따라야 한다. 약자나 소수의 나직한 의견에도 귀 기울이는 성숙된 사회로의 변화를 기대한다.

봉황산방

.

우리 세대에게 촌집이 로망이라 했던가.

아파트에서 바라보이는 강변 둔치에 텃밭을 경작하다가 촌땅에 관심을 두었다. 언제고 발을 빼도 아깝지 않을 만큼 적은 돈을 투자하려니 배산임수나 좌청룡우백호는 어림없었다.

봄을 재촉하는 보슬비가 부슬부슬 내리던 날 부동산중개인의 안내를 받았다. 목적지에 자리한 자두밭을 지척에 두고 길가에 개집이 보였다. 본능적으로 멀찌감치 떨어지려는데 개가 고개를 내밀었다. 강아지조차 나를 보면 덤벼드는데 그 개는 짖지 않았다.

어린 시절 개에게 허벅지를 물린 적이 있다. 나에게 아직 마무리하지 못한 진화과정의 흔적이라도 남아 있단 말인가. 개만 보면 나는 눈을 마주하여 뒷걸음질이나, 게걸음으로 경계를 늦추지 않는다. 개 또한 긴장의 고삐를 늦추지 않는다. 매번 견원지간의 한가운데 내가 있었다. 일행의 발걸음을 좇는 그 개의 눈빛에서 생전 처음으로 우호적 느낌을 읽었다.

고개를 드니 정자가 우뚝 서 있고 왼쪽 뒤에서 노송이 손을 내민다. 뒷산 정기가 아직 끝나지 않은 지점이다.

반듯하지는 않지만 정자와 마을길을 약간 비켜 앉은 것이 마음에 든다고 아내가 귀띔을 한다. 마을 뒤쪽에 올라앉았으니 조금 시끄러워도 민폐를 끼칠 것 같지는 않다.

앞에도 야트막한 산들이 둘러싼 마을 뒤쪽, 여기다 싶었다. 더구나 그 개도 수문장 노릇을 하겠다고 싱긋 웃고 들어갔다. 중개인이 가격 조정에 나서면서 결정이 제자리에서 이루어졌다. 부지런한 땅주인이 거름과 지푸라기를 자두나무 밑에 충분히 깔아두었었다.

한 달 정도 있으니 자두꽃이 활짝 피었다. 포도송이처럼 탐스런 열매들을 솎아낼 때는 '미안, 미안!'을 입에 단 채 두어 주를 보냈다. 주말마다 자두나무 그늘에 텐트를 치고 라면으로 때우는 점심이 그렇게 즐거울 수 없었다.

벽오동이 자주 눈에 띈다 했더니 뒷산이 봉황산이 란 기록을 보았다.

참꽃 소식이 나에게 닿기도 전부터 내 속의 에너지가 꿈틀거려 땅을 일군다.

시작은 어설프게 내가, 마무리는 늘 이웃분들의 수고로 돌아간다. 상추도, 배추도 심는 시늉만 했지 이웃으로부터 얻어먹는 소채가 훨씬 많다.

두둑을 만들고 비닐로 멀칭까지 하여 상추며 고추, 감자, 고구마 등을 심어 놓으면 어느 부자도 부럽지가 않다. 흐뭇하여 입꼬리가 귀에 걸린다. 이도 잠깐, 밭은 고라니의 놀이터가 되어 가고, 오뉴월 비가 밭고랑을 흥건히 적시기 시작하면 사도삼촌四都三村의 수고로움도 소용이 없다. 나는 풀 뽑기를 중단하고 '더불어 농법'을 선언한다. 이게 나의 연중행사이다.

뿌린 씨앗이 싹을 틔우면 그 옆에는 비슷한 잡풀들이 고개를 내민다. 공들인 것들을 뽑아낸 게 한두 번이 아니다. 더러는 기특하게도 '나 녹두야.' '나는 들깨야.' 관등성명을 외치기도 한다.

잡풀이라 부르는 게 미안하여 이들에게 절반에 가까운 농지를 내주었다. 초여름이면 개망초꽃이 흰 물결의 호수처럼 장관을 이룬다. 옆으로만 뻗어나가던 클로버도 키 자람을 한다. 그럼에도 잔디밭을 넘보던 클로버와 민들레, 쇠뜨기 등이 은근슬쩍 발을 들여놓곤 한다.

올해는 유튜브에서 간단하게 고구마 심는 법을 배웠다. 효과와 능률에 재미까지 있어 보였다. 한나절도 걸리지 않아 100포기를 심었다. 신이 나서 묵혀두었던 곳에도 100포기와 땅콩 모종까지 심었다.

나중 심은 것은 고라니 몫으로 남긴다. 고라니가 내려오기 시작하면서 타이머를 이용하여 15분마다 음악과 조명으로 접근금지를 선언한다.

이 고라니들 좀 보소. 제 몫은 잡아둔 물고기처럼 관심을 덜 보이고 내가 애지중지 가꾸는 것들에 입맛을 크게 다신다. 두어 주가 지나니 음악 소리에 맞춰 고구마 줄기를 죄다 뜯어 먹어 버린다. 고얀지고! 그물망으로 울타리를 설치하였다.

수고비나 기름값은 고사하고 모종값도 건지지 못한다. 일 년에 한두 번 쓰는 농기구도, 일 년에 한 번 하는 동네 사람들과의 음악회를 위한 부수 장비들도 사다 나르고…… 경제관

념이라곤 내가 생각해도 꽝이다. 다행인 것은 이 나이가 되고
보니 돈 쓸 곳이 별로 없다. 낭비인 줄 알지만 탓할 이도 없고,
풀이야 우거지든 말든 마냥 즐겁다.

임금 자리가 좋은 것은 하고 싶은 걸 다 할 수 있는 권력 행
사에 있지 않다. 자식 입에 맛있는 음식 넘어갈 때 행복하듯,
임금 또한 백성들이 근심걱정 없이 자기 뜻을 펼치는 모습을
볼 때 가장 기쁠 것이다.

나의 작은 영토에 발을 들이미는 풀 한 포기, 작은 풀벌레
들에게도 군림해서는 안 된다. 그들은 나보다 먼저 여기에 둥
지 튼 주인이다. 가꾼다는 명목으로 내가 점령군 행세를 해서
도 안 되겠다. 내 게으름이 그들에겐 오히려 작은 평화가 될
수도 있으리라.

내가 심지 않았다고 황량하면 어찌 눈이 즐거우리.
계절 따라 싹 틔우고, 꽃 피우고 열매 맺어 나의 왕국을 살찌
우는 그들이 고맙고 기특하다.

내 영토에 더 이상 잡초는 없다. 나와 인연 맺은 사람
들이 봉鳳이요 황凰이듯, 고라니도 풀벌레도 잡초도 다 봉황
에 버금가는 소중한 생명들이다.

다람이에게

글 쓰는 일이 일상인 사람들에게도 내키지 않는 게 추모의 글이다. 생명을 부여받아 이 세상에서 함께 살아간다면, 언젠가는 어느 한 편을 저세상으로 먼저 떠나보내야 한다. 죽음으로 갈라놓는 이별은 복원할 수 없기에 더 안타깝다.

우선 저세상에서의 너의 복락을 기원한다.

너와의 첫 만남은 딸의 노량진 고시촌 쪽방에서였다. 경계를 늦추지 않던 네가 하룻밤을 새더니 내가 내미는 손을 잡았다. 가끔 내 어깨에 온몸을 맡긴 채 친근한 티를 내곤 했다. 그리고 딸아이가 몇 차례 대구로 오갈 때 너는 세상에 대한 호기심을 버리지 않았다.

네가 작은 공간에 머무는 걸 갑갑하게 여기던 네 주인이 자주 너를 케이지에서 풀어주었다. 수년이 지났건만 나의 서재에서 너의 자취를 가끔 발견한다. 먹을 것을 입안 가득 채우느라 볼뿐만 아니라 목까지 볼록하던 네 모습이 선하구나. 책너머의 작은 공간에서 네가 갈무리해둔 해바라기씨앗이나 알곡을 찾아내곤 한다. 너는 어쩜 그렇게도 갈무리 잘하는 저장성을 유전자 속에 간직하고 있었다더냐. 버릴 수 없는 야생성이 귀엽기까지 했다.

너희 조상들은 워낙 여러 군데 도토리나 밤 등의 열매를 숨겨두었었다. 더러는 그 장소를 잊어버리기도 하였고, 때로는 그 양이 풍부하여 겨울을 너끈히 나고도 남았을 것이다. 그 열매들이 발아하여 세상을 푸르게푸르게 물들였겠지. 네가 우리 아이로부터 지극한 사랑을 받은 게, 너는 기억조차 할 수 없는 네 조상들의 크나큰 공덕 덕분이었다고 아니할 수 없으리라.

딸아이의 결혼이 늦어지는 것이 네 탓이라고 애먼 생각을 한 적이 있다. 또 네 주인이 신혼집으로 기어이 너를 데려가고, 너를 위한 방까지 마련하는 것을 보고 나의 심기는 불편하였다. 사위나 사돈에게도 면목 없는 일이었다. 드러내놓고 말은 못 해도 세상에 떠도는 말처럼 손주 녀석이 영영 오지나 않을까 걱정이 컸었지. 딸에게 이야기한들 씨알이 먹힐 리가 없기에 한동안 속을 태울 수밖에 없었다.

좀 기다리긴 했지만 밤톨 같은 손자가 태어났고, 3년 터울로 지난 연말에는 공주까지 태어났잖아. 산후조리원에 있던 너의 주인이 돌연 제 엄마에게 전화하여 너의 안부를 물었다. 그제서야 간밤 너무나 조용하여 겨울잠에 들었나 보다 생각했던 그녀는 네가 영면에 든 것을 알았다. 네가 주인에게 알리기라도 했더냐.

소식을 듣고 하염없이 눈물을 흘리던 네 주인은 조리원에서 서둘러 외출하여 너의 주검을 수습하였다. 수소문 끝에 용인의 화장장을 찾았다. 생색내려는 것은 아니지만 그곳 주민의 경우보다 훨씬 많은 비용을 치렀더구나. 너는 미물로 태어나고 그 삶을 미물로 마감하였다. 그럼에도,

너는 인간 이상의 호사를 누리고 대접을 받았다.

집안에 안치하였던 오동나무 곽 유골함을 오늘 내가 전달받아 예까지 왔다. 주말 주택 뒤 봉황산 끝자락에 너를 장례 지낸다.

구체적으로 생각하고 표현하는 언어를 구사한다는 점에서 사람은 다른 동물과 차별된다 할 것이다. 그럼에도 사람들은 말 때문에 갈등을 빚기도 한다.

누군가는 네 주인이 한갓 미물에게 지나치게 큰 사랑을 쏟았다고 탓할지도 모른다. 한국에서 태어나고 자란 강아지나 외국에서 입양 온 강아지가 의사를 소통하는 데는 통역이 필요 없다. 네 주인과 너 사이에도 생명체가 지니는 원초적 표준어가 있었으니 무언의 애틋함이었으리라.

말 잘하고 참견하는 다정한 친구보다는 말 잘 들어주는 친구가 한 질 위라는 사실을 이제야 깨닫는다.

네 주인은 너의 이빨이 부정교합이라는 사실과 노화에 따른 관절 이상으로 활동이 둔화되는 것을 매우 안타깝게 생각해왔다. 때로는 너를 자연에 풀어주어야 할지 많이 망설였다. 그것만이 최선이 아니었기에 갈등도 적지 않았다.
숲에서의 삶보다는 네가 더 오래 천수를 누렸겠지만 미안한 점이 한둘이 아니구나. 생각건대,

눈부처 다람이에게

베풀고 베풀었다 할지라도
그것은 자연에 반하는 일이었다.

태어나 한 달도 되기 전에 홀로 입양되어 폭신한 땅은 밟아보지도 못했고, 푸르른 자연 속에서 숨도 한번 쉬어본 적이 없는 너는 배우자를 찾아 2세를 남기는 일조차 기회를 잃었다.

사랑이란 이름으로 행해진 무자비를 용서하렴.

네가 가면서 이 가족에게 큰 선물을 주었더구나. 손자의 우유 알러지 수치가 많이 내려갔다는 좋은 소식 들었다. 이쁜 공주 또한 너의 선물이라 생각한다.

너보다 먼저 와 이곳 명당에 묻혀 있는 금부도사께서 너의 안위를 책임져 주실 것이다. 푸르른 자연 속에서 마음껏 나무를 타고 오르내리면서 온갖 새들의 노래 즐기렴. 가끔은 생전에 듣던 음악이 너의 귓전에 닿는 것 또한 나쁘지 않으리라.

저세상에서 평화롭기를 빌고 또 비노라.

네가 있어 아름다운 세상

너와 나는 별개일 수가 없다.

우리말에서 너와 나가 이루는 대칭성은 문자로나 음운적으로도 묘하다. ㅓ와 ㅏ는 팽팽하게 등을 지고 있지만 숨 한 번 들이켜고 입장을 바꾸어 마주 앉으면 다정한 친구로 손을 잡을 수 있다. 또 어느 한쪽만 입장을 바꾸어도 '너'나 '나'로 일심동체가 된다.

국제결혼이란 말이 한때는 한국인이 을의 입장에서 선진 외국인과 결혼하는 경우로 받아들여졌다. 오늘날엔 오히려 외국인 신부나 신랑을 받아들이는 경우가 대세이다. 우리가 참 잘사는 것 같다. 전쟁을 통해 중국이 조선의 아녀자들을 강탈하다시피 했는데 오늘날은 중국을 비롯하여 베트남 필리핀 등 여러 나라에서 신붓감이 한국인 신랑을 찾아오고 있다.

지역 신문사에서 공모하는 전국 다문화가족 생활수기 공모에 몇 차례 심사위원으로 참여한 적이 있다. 조국과 부모·형제 곁을 떠나 코리안 드림을 꿈꾸며 신천지를 찾아 나선 사람들의 눈물겨운 삶을 마주했다.

그들 중 대부분은 부모에게 약간의 힘이라도 보태겠다는 효심으로 한국인과의 결혼을 택했다. 한국어와 한국문화를 배워본 적이 없는 그들이다. 밀려오는 향수병은 차치하고라도 말을 못 알아듣는다고 남편에게 구타를 당하기도 했다.

아이들도 엄마의 피부색이나 얼굴 모습, 어눌한 말씨 때문에 친구들로부터 놀림을 받거나 왕따를 당하기도 한다는 것이다. 심지어는 엄마가 비 오는 날 하교 시간에 맞추어 우산을 가지고 가서는 교문 멀찍이 숨어서 아이를 기다렸지만 아이는 화를 내며 빗속을 가로질러 집으로 가버렸다는 이야기를 접할 때는 내가 눈시울을 붉혀야 했다. 친구들의 놀림을 피하려는 아이의 심정도 이해가 간다.

약자를 괴롭히는 강자의 입장에서는 자신의 스트레스를

날리고 한편으로는 희열을 느끼겠지만 당하는 입장에서는
세월이 흘러도 그 아픔은 잊히지 않을 것이다. 이렇게 상처
받은 다문화 2세들 또한 우리 국민이니 군에 간다.

아차 순간
총부리를 우리 내부로 돌릴 수도 있지 않을까
괜한 걱정을 한다.

인구절벽을 눈앞에 두고 있다. 30년 내 인구 소멸 예상 지
방자치단체가 89곳이나 된다 하니 걱정이 아닐 수 없다. 나
라를 유지하기 위해 이민을 받아들이기보다는 다문화출생
아들이 하나의 대안이 될 수 있다. 국내 출산율에서 5%대를
넘어서고 있다 하니 그나마 고맙고 다행스런 일이다.
문제는 나와 다른 점을 어떻게 받아들이느냐이다. 우리 사
회의 정의나 옳고 그름의 판단기준이 지극히 나에게만 맞추
어져 갈등이 끊이지 않는다.

너 없이 나만 잘 살 수가 있을까.
이번 코로나 사태만 하더라도 그렇다. 국내에서는 감염자
가 나오지 않았음에도 중국으로부터 부품조달이 되지 않아

국내 생산이 마비 지경이었고, 국내 코로나 사태의 진정을 눈앞에 두니 유럽을 비롯한 전 세계에 창궐하는 코로나바이러스 때문에 제품을 생산해도 수출길이 막혔다. 어느 한쪽만의 호시절은 기대할 수 없게 되었다.

국제회의나 스포츠 행사를 제외하면 국기 게양대는 하나뿐이다. 대구의 논공공단 인근

북동중학교의 국기 게양대를 보라.

태극기 게양대 옆 또 하나의 게양대에는 러시아, 우즈베키스탄, 카자흐스탄, 우크라이나, 베트남, 중국 등 6개국 국기가 태극기와 함께 펄럭이고 있다.

이 학교에는 외국인 산업연수, 국제결혼을 통한 다문화가정 자녀들이 다수 재학하고 있다. 소수를 위한 학교의 배려였지만 다문화 관련 수업을 도입하였더니 학생들에게 큰 변화가 생겼다. 학생들은 언어나 피부색을 두고 차별을 하지 않는 것은 물론 학교폭력이 현저히 줄어 지금은 거의 없다.

운동장 조회나 행사 때 다문화 학생들은 국적에 따라 자국 국기에 경의를 표하는 광경을 볼 수 있다. 한국 국적을 취득한 다문화 학생들은 엄마나 아버지의 나라 국기를 보면서

글로벌 인재로서의 꿈을 키우며 영원한 한국인으로 살아갈 것이다. 또 부모가 모두 외국인인 다문화 학생들은 장차 본국으로 돌아가 꿈을 키웠던 한국의 든든한 우군으로 활동할 것이다.

극단적 자존심으로 나를 무장하고 너를 부정하는 진영논리는 자존감의 결여나 열등의식에서 나오는 사회병리현상이 아닐까.

북동중학교의 다문화 수용에서 한 수 배운다.

불청객

그대는 초대받은 적이 없다.

그대를 경계할 틈도 없이 열심히 살아온 착하고 젊은 그녀에게 도둑고양이처럼 찾아들었을 뿐이다.

그대도 딱히 그녀여야 한다고 저울질하지는 않았으리라.

그녀의 젊음과 꿈과 눈물을 양식 삼는 그대,

결코 점령군이 아니네,

거드름 피울 권리는 더더구나 없다.

숨죽이고 들어와 신세를 지고 있다면,

그녀를 상전으로 떠받들라.

여분의 자양으로 그대의 주린 배를 채우는 일조차도 얼마나 분에 넘치는가.

그대도 오만방자하지는 않았을 터.
소리 소문 없이 네발걸음의 낮은 자세로 들어와 살얼음을 디뎠으리라.
뿐만 아니라 고통을 줄 수밖에 없는 그대 자신이 원망스러웠으리라.
무너뜨리는 일 외에 그대가 할 일이 정녕 없단 말인가.

그대의 착한 주인은 낯선 침략자를 몰아내고자 고통의 시간을 보내고 있네.
그러나 그대는 떠날 생각조차 않는 야속한 존재일세.

무단점령의 시효를 들어 탐욕을 당연한 것으로 여기지 말라.
달콤한 과육인 양 파먹고 있는 그녀의 살은 그녀만의 것이 아니네.
그녀를 간절히 필요로 하는 가족이 있다네.

불청객

네 살고자 하는 짓이 바로 너잡이라는 사실을 왜
모르는가.

그대의 주인이 쇠하는 날, 그대도 마지막이라는 사실 잊지
마시게.

그대의 착한 주인은 쓰러뜨려야 할 적이 아니네.
그래서, 그래서 말일세.
그대의 주인이 건강관리에 태만할 때 따끔하게 일깨워주
는 동반자는 될 수 없겠는가.

그대를 품은 그녀, 고통의 나날을 보내고 있네.
부탁건대
그대의 주인과 오래오래 친구 하시게.

한 번
도 경험하지 못한 세계
는 해마다, 달마다, 날마다 펼
쳐지고 있다. 분명한 것은 우리

가 평등과 공정, 정의가 실현되
는 세상으로 나아가고 있다
는 점이다.

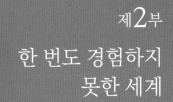

제2부

한 번도 경험하지
못한 세계

COVID 특사, 재갈을 물리다

한 치 앞도 내다볼 수 없는 게 사람의 일이라 했던가.

이 과학문명의 시대에도 신이 있는지 없는지는 알 수 없다. 다만 이 우주를 운행하는 절대적인 힘, 그것은 인간이 어떻게 할 수 없다는 것쯤은 안다. 그 힘을 신이라 하여도 좋고, 섭리라 하여도 좋다.

우리는 그 보이지 않는 힘으로부터 벌을 받고 있다. 코로나 바이러스가 왕관 문양의 비표를 앞세운 절대자의 특사임은 부인할 수 없다.

공장의 조업시간이 줄고, 유가가 유례없이 곤두박질쳤다. 덕분인지 탓인지 대기의 질이 좋아지고, 하늘이 맑아졌다. 황사와 미세먼지 걱정도 사라졌다. 여느 해보다 긴 장마와 역대급 태풍들로 사람들이 집을 잃기도 했다. 일찍이 경험해보지 못한 재앙이었다.

하늘은 높고, 먼 산이 눈앞인 듯 선명하다. 단풍도 화려할 것이라 한다. 기상이나 자연환경만을 두고 본다면 이제 우리가 충분히 혼났으니 코로나가 스스로 물러감 직하다. 기미는 보이지 않고 2차 팬데믹 우려가 현실로 다가오고 있다.

벌 받는 이유라도 알면 뉘우치기나 쉬울 텐데……. 짐작 가는 바를 하나하나 이실직고 중이다. 이 또한 지나가리란 말로 위안하며 살아왔는데, 아직 터널의 끝이 보이지 않는다. 지나가야 진짜 끝나는 것이 코로나 형국이다.

마스크로부터 자유로워질 날이 언제일지 아무도 장담할 수 없다.

와중에 트럼프와 시진핑이 나라 안 민심을 얻으려고 국가 이익을 앞세워 힘을 겨루고 있다. 양다리로 버텨야 하는 뱁새는 가랑이가 찢어질 형편이다. 아베는 국력을 한데로 결집하려고 단골 메뉴인 한국 때리기에 이성을 잃었다. 후임 스가 역시 아베2를 자처한다. 모두 자국 이기주의로 남은 안중에도 없다.

국내 사정은 어떠한가. 용광로처럼 한목소리를 내도 시원찮을 판에 보수와 진보로 나뉘어 대립하고 있다. 우리가 초등 때 어쩌다 문화교실을 가면 영화에는 우리 편과 나쁜 편뿐이었다. 우리 편은 무조건 나쁜 편을 이겼다.

대한민국에는 우리 편과 나쁜 편만 있다.

절대 들으려 하지 않고, 내 말만 목청 높이는 인간에게 왜 벌을 주고 싶지 않으랴!
코로나 재갈에서 쉬이 벗어날 것 같지가 않다.

별 나팔꽃의 노래 예 천2

한 번도 경험하지 못한 세계

'기회는 평등하고,
과정은 공정할 것이며,
결과는 정의로울 것입니다.'

대통령의 취임사를 듣는 순간, 현장에 있었던 사람이나 티브이를 통해 중계를 지켜본 사람이나 후일 전해들은 사람이나 모두 온몸으로 희열을 느꼈을 것이다. 그날의 감동을 쉬이 잊을 수 없다. 대통령의 입에서 나온 '이제까지 한 번도 경험하지 못한 세계'에서 살게 될 것이란 말에 큰 기대를 걸었다.

그 설렘의 전율이 가시기도 전에 망구의 어느 할머니가, "정말 한 번도 경험하지 못한 세계에서 삽니다."라고 엉뚱하게 한마디 뱉는다.

중국이 맨 처음 겪었고 그다음으로 한국이, 이제는 온 세계가 한 번도 경험하지 못한 세계를 겪고 있다. 중국 입장을 두둔하기만 하던 WHO 수장이 급기야 코로나바이러스 감염증의 세계 대유행인 팬데믹을 선언하였다.

아무리 추워도 향을 팔지 않는다는 매화가 꽃망울을 터뜨리고, 향기를 드날리는데도 대구의 휴일 거리에는 자동차도 사람도 흔적을 찾아볼 수 없었다. 체르노빌의 거리처럼, 겉으로는 평온한데 시간이 온통 멈추어버렸다. 이렇게도 잔인하게 춘래불사춘의 봄이 오고 있다.

'신천지'발 확산으로 걷잡을 수 없는 지경에서 더러는 보수의 텃밭이란 오명을 씌워 '토착 왜구'들의 '대구 코로나'란 말로 공격성을 드러냈다. 대구가 얼마나 야성이 강한 도시였던가. 건국 후 최초의 학생민주화 운동 2.28이 4.19학생의거의 도화선이 되었고, 자유당 정권이 정치행사에 학생들을 동원하자 '학도를 도구로 이용하지 말라'는 사설의 필화로 매일신문사는 백주에 테러를 당했다. 야성이 꿈틀거리는 지역사회에 가해지는 언어폭력이 도를 넘었다.

넘쳐나는 감염환자들을 수용할 병상이 턱없이 모자라 의

료체계가 무너지자 대구시장은 각 시도지사들과 전국의 의료진들에게 구원의 손길을 부탁하였고, 절체절명의 순간에 출신정당이나 이념을 떠나서 병상을 제공하겠다는 시도지사들의 용단이 이어졌다.

전국에서 달려온 의사와 간호사들의 헌신과 노고는 역사에 길이 남으리라. 신혼의 단꿈을 뒤로하고, 더러는 병원 문을 내린 채 달려왔다. 이미 은퇴한 의료진도 달려와 손을 보탰다. 우주복을 방불케 하는 방호복을 장시간 착용하는 일이 얼마나 힘들겠는가. 거듭된 착용으로 이마에 생긴 상처는 보는 이의 마음을 아프게 했다.

국내 감염 두 달이 지나면서 확진자 수가 마침내 두 자릿수로 내려오자 사람들은 팬데믹에도 불구하고 긴장의 끈을 늦추고 있다. 위험성을 잘 알고 있는 방역진들의 애절한 호소에도 불구하고, 나 하나쯤이야 하는 방심이 오히려 큰 화근을 불러올 수도 있어 우려가 크다.

정부의 초기대응을 탓하는 사람들이 적지 않다. 그러나 집행하는 입장에서는 감염병 차단도 중요하지만 인도주의적 명분, 향후의 경제적 손실 등을 감안하지 않을 수 없었을 것이다. 야당의 선제적 대안 제시가 아쉬웠다.

밥그릇 든 사람은 주걱 든 사람의 고충을 이해하지 못할 것이다.

170여 개국으로부터 입국 제한을 받는 초유의 불명예스런 일을 겪었지만 한국은 오히려 코로나바이러스 감염증으로 나라의 위신을 크게 올렸다.

확진자 수의 가파른 증가가 키트와 드라이브 스루 등 검사 능력과 제도 개선으로 여느 선진국보다 수십 배 많은 검사와 이를 낱낱이 공개한 투명성에 있었다는 점을 전 세계인들이 주목하고 있다. 위기 상황을 대비하여 사재기로 텅텅 빈 상품 진열대가 세계에서 속출하는 데 비하여 너무나 평온한 한국의 마트 풍경이 외신을 타기도 했다.

전세기를 띄워 코로나 위험에 노출된 해외 교민을 데려오기 시작했다. 평시에는 자국민 보호에 앞장서왔던 선진국들마저 한 발 물러설 때, 적극적으로 대처하는 우리 모습을 보는 게 흐뭇했다. 이런 국격이 일상으로 느껴졌으면 좋겠다.

우방 미국이 한국의 입국제한을 늦게까지 입장 보류한 것은 미국으로 향하는 탑승객들을 사전 검사 하는 등 한국의 선제조치에 대한 높은 신뢰 때문이었다.

코로나바이러스의 확산으로 우리는 '한 번도 경험하지 못한 세계'를 살고 있다. 의료진들의 살신성인 봉사, 생활치유센터 제도 도입, 투명성, 위기 상황을 극복하는 절제력 등 우리의 '한 번도 경험하지 못한 세계'는 세계인들의 부러움을 산다.

'기회는 평등, 과정은 공정, 결과는 정의!'

위정자의 아젠더는 구호일 뿐, 그 실현은 구성원들의 몫이다.

COVID-19!

코로나 입으로나 귀로나 상처에서 자유롭지 않은 이들이 사랑으로 넉넉해지기를 기대한다.

'한 번도 경험하지 못한 세계'는 해마다, 달마다, 날마다 펼쳐지고 있다.

그럼에도 분명한 것은 우리가 평등과 공정, 정의가 실현되는 세상으로 나아가고 있다는 점이다.

그 가운데 우리가 있다.

대한민국 만세!

언택트 시대에 온택트

　혼밥 혼술 혼영 등 홀로의 삶에 의미를 부여해온 게 어제 일 같다. '홀로'족이 추구하자고자 했던 것은 남의 시선을 의식하지 않고 나의 의지대로 자유를 만끽하자였을 것이다. 혼밥족을 위한 식당에서는 독서실처럼 삼면의 칸막이가 된 식탁을 비치하였다. 남의 시선을 차단하는 데는 성공했지만 밥맛이 예전 같지가 않다.

　정면에 설치된 먹방 화면으로 식욕을 돋우고 있다.

　'혼'은 함께할 수 없음의 역설, 자초한 외로움의 위안이자 돌파구였음을 알 수 있다.

코로나19의 확산이 무서운 속도로 전 세계를 휩쓸고 있다.

대부분의 감염병이 사람을 매개로 전파되지만 코로나만큼 악명 높았던 전염병은 일찍이 없었던 것 같다. 누가 코로나바이러스를 지니고 있는지 알 수 없기에 걱정이 적잖다. 나 또한 무증상 코로나 폭탄일지도 모르기에 사람 만나기가 여간 조심스럽지 않다. 사람들과 부대끼면서 살아온 일상이 얼마나 소중했던가를 깨닫는다. 모르는 이와도 말을 섞고, 눈웃음을 주고받았던 기억이 아삼아삼하다.

코로나로 세계가 몸살을 앓는다지만 그 고통은 인간에게만 국한되어 있다. 우리가 숨 쉬는 공기는 오히려 맑아지고 자연생태계는 더 건강해져 가고 있다.

홀로에 방점을 찍으며 건방을 떠는 우리에게 신이 보내는 경고는 아닐까.

코로나 이전으로 돌아가기에는 시간이 길어질 것이란 중론이다. 얼굴을 내밀어야 사람 구실한다고 생각해왔던 많은 일들이 비대면의 '언택트'로 이루어진다. 그러나 사람 사는 세상에서 서로 위안과 격려를 주고받을 수 있는 소통의 길은 더 절실하기 마련이다.

일상이 실종된 코로나 시대에 사람과 사람을 이으며, 보다 살갑게 삶을 이해하고 영혼을 깨우기 위해 한국수필가협회는 '2020 한국수필 대표작 선집' 『가슴에 그리는 수채화』를 발간하였다.

너의 존재를 의식하지 않으려 애써 '혼'을 부르짖던 우리가 자초한 언택트! 그나마 문학작품이나 SNS를 통하여 온택트에라도 눈을 돌려야 하겠다.

어버리…

"어버리…."

고향 중학교 재단이사회를 마치고 저녁 식사 자리에서 무슨 말끝엔가 나온 말이다. 좌중 우리는 "어버리…." "어버리…."로 재탕 삼탕 맞장구를 쳤다. 잊혔던 이 한마디는 집 나간 혈육이 돌아온 것처럼 우리에게 반가운 동지애를 선사하였다.

낭패스런 일 앞에서, 혹은 내 생각과는 달리 엉뚱하게 실수를 자초한 '나인 듯한 너'에게 "어버리…."라면서 뜸을 들인다. 탓하려기보다는 안타깝지만 내가 나서서 손을 써줄 수가 없고, 적절한 위로조차 건네지 못하는 상황에서 나오는 '아이구야!'란 뜻의 포항 지방 방언이다.

설마 했던 신종 코로나바이러스가 기승을 부리자 중국여행을 포기했다. 매뉴얼을 찾지 못해 우왕좌왕하는 일본을 강 건너 불 보듯 하면서 어깨가 약간 올라가려는 찰나에 신천지발 확산이 걷잡을 수 없는 산불 같다. '6.25 때 난리는 난리도 아닌' 걸 확인시키려는 듯 대낮의 거리에는 사람 그림자도 찾아볼 수 없다. 이 와중에 매화가 봉오리를 터트리고 향기를 뿜는다. 보기 드물게 하늘은 티 없이 맑고 햇살이 참 따사롭다.

가슴 미어지게 잔인한 고요의 풍경이다.

이런 경우 딱 맞는 말이 '어버리….'이겠다. 도움을 줄 수 없어 안타까운 심정 말이다.

그야말로 한 번도 경험하지 못한 이런 재앙을 두고도 편을 갈라 저주의 말이 인터넷을 도배한다. 형제는 싸우다가도 적이 나타나면 언제 그랬느냐는 듯 힘을 합치는데 말이다. 스마트폰이나 인터넷 등 첨단 미디어들은 소통을 위한 도구라기보다는 어느덧 내 편인지 아니면, 내 생각과는 다른 남인지 편을 가르는 불통의 장벽이 되어버렸다.

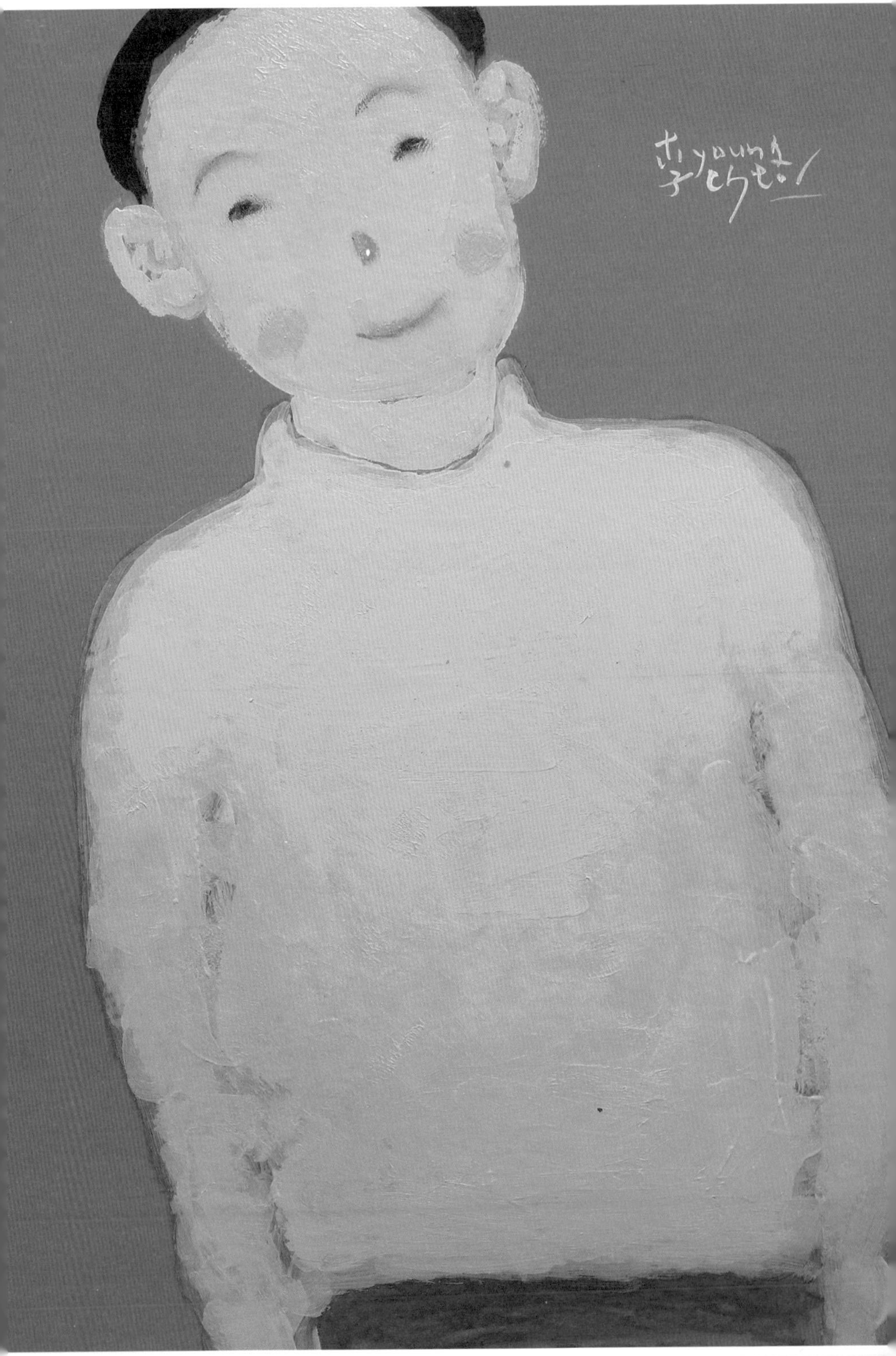

로마가 대제국을 건설할 수 있었던 것은 정복지의 이민족들에게도 시민권을 나누어주고, 로마로 통하는 길을 구축하여 다름을 수용하였기 때문이다. 세월이 흘러 대제국의 멸망을 자초한 것은 이민족을 야만족이라 이르면서 우월주의에 빠졌기 때문이라고 한다.

　　토착왜구니 대깨문이니 하면서 진골 성골 싸움질에 국민들은 지쳐있다. 공동체의 구성원이라면 서로 위로와 격려를 건넬 때이다.

　　'어버리… 코로나바이러스!'

화항관어 花港觀魚

수필 쓰기는 문학으로 하는 커뮤니케이션의 한 방법이다.

작가가 현상이나 대상을 정확하게 파악한 메시지를 독자에게 전달하는 것에 더하여, 독자로 하여금 심중에 변화를 일으켜 태도변화는 물론 행동으로까지 이어지게 할 수 있도록 효과를 극대화할 필요가 있다.

작가의 생각이나 표현이 같은 문화권 독자에게는 이미 다 알고 있는 사실이어서 전혀 새롭지 않아 주의를 환기시키기가 어렵다. 반면에 다른 문화권의 독자에게는 사고의 공통점이 없어 엉뚱한 방향으로 이해를 유도할 가능성이 있다. 대상을 아무리 잘 설명하여도 사실이나 현상 자체를 100% 이상

전달하기는 어렵다.

어떤 문화권에서도 수용될 수 있는 뛰어난 비유로 스토리화한다면 함축된 의미는 독자에게 전달될 때 사실이나 현상이 지닌 것보다 훨씬 많은 몇 배의 효과를 발휘하고도 남음이 있을 것이다.

항주는 수필을 공부하는 사람들에게 매우 의미 있는 곳이다. 수필의 어원으로 삼는 홍매의 용재수필을 떠올릴 수 있는 남송시대의 도읍지였다. '天有天堂 下有蘇杭(하늘에는 천당이 있고 땅에는 소주와 항주가 있다)'이란 중국 속담이 말하듯 마르코 폴로도 항주를 세계에서 가장 아름다운 도시라고 칭송하였다.

그 아름다움의 중심에 서호가 있다. 오왕吳王 부차夫差로 하여금 국사를 그르치게 한 경국지색 서씨西施. 서호의 물고기들이 서시의 아름다움에 넋을 놓고 지느러미를 움직이지 않아 모두 가라앉았다는 침어서시浸魚西施는 서시의 미모를 표현한 압권이라 하겠다. 호수는 그 서시의 아름다움에 비견하여 서호西湖 또는 서자호西子湖로 불린다.

청의 4대 황제 강희제는 서호를 둘러보고 花港觀魚화항관어를 휘호하였다. '꽃 피는 뱃길에서 물고기들을 감상'한 것까

지는 좋았는데 고기 어魚 자에 세 점만 찍었다. 측근이 얼른 황제에게 네 개의 점을 찍어야 한다고 나직한 소리로 일렀다. 눈치 빠른 신하가 한 점은 이미 물에 내려가 잉어들과 노닐고 있다고 아부를 하였다.

황제는 그윽히 미소를 지으면서, 물고기를 불판 위에 올릴 수가 없어 물에 풀어 주었노라고 말했다. 이때 많은 신하들이 고개를 숙였다. 넉 점은 불[火]을 뜻하기 때문이다.

만주족이 힘을 모아 후금을 일으켰었다. 세력을 확장하여 한족의 명明을 무너뜨리고 청淸을 세웠다. 소수민족인 만주족은 소수 혹은 약자를 배려하는 미덕을 발휘했기 때문에 대륙을 경영할 수 있었다.

강희제는 3대 황제 순치제가 붕어한 후 여덟 살에 황제가 되어 가장 오랫동안 재위(1661~1722)하면서 청 제국의 성장과 안정을 이끌어냈다. 소수의 만주족이 다수의 한족과 여러

민족의 반감을 사지 않으면서 제국을 통치하는 통합의 뇨를 도모한 그는 명군 중의 명군이었다.

황제가 魚에 세 점을 찍은 것은 물고기가 물속을 자유롭게 유영하듯, 백성들을 행복하게 해주란 지엄한 명령이었다.

나의 생각이나 주장logos만으로는 다양한 처지의 독자를 설득시키기 어렵다. 어떤 문화권의 사람이나, 어떤 지식의 경지에서도 공감할 수는 있는 정서적 관점pathos을 제시한다면 그는 훌륭한 작가라 하겠다. 작가적 능력은 로고스에 있는 것이 아니라 파토스의 생성에 있다.

무례지국으로부터의 탈출

동방예의지국!

내가 이 말을 처음 들은 것이 정확히 언제인지 기억이 나지 않는다. 나도 태생적으로 군자에 가깝다는 자부심의 전제 때문인지 기분이 좋았던 것 같다. 조신한 처신보다는 좌충우돌, 자유분방을 더 좋아했던 나였다. 그런데 그 말에는 에너지 펄펄 넘치는 아이를 얌전하게 앉히는 마력이 숨어 있었다. 동방예의지국의 자손이어서 입은 덕이 무엇인지 꼽을 수는 없지만 언제부턴가 나도 이 말을 즐겨 들려주곤 하는 나이가 되었다.

귀가 닳도록 들어왔고 들려주던 그 동방예의지국에서 연

일 사건 사고가 지상을 도배한다. 빗발치는 성토와 무성한 대안으로 나라의 중대 이슈가 떠오르다가도 다음 사건에 묻혀 버린다. 얼마 지나지 않아서는 언제 그랬냐는 듯이 똑같은 사건 앞에서 저마다 목소리를 높인다.

학교에서 집단따돌림을 당하던 학생들의 자살로 온 세상이 발칵 뒤집혔던 적이 있다. 연이어 군 총기사건으로, 예비군 훈련장에서의 총기난사로 무고한 생명이 희생되었다. 그때마다 처방은 무성하였다. 기밀의 유지를 최우선 순위에 두어야 하는 병영에서 위치추적은 물론 일거수일투족이 드러날 수 있는 스마트폰을 병사들에게 보급해야 한다고 하지를 않나, 예비군 훈련 자체를 없애야 한다는 처방도 나왔다.

잊을 만하면 터지게 되는 이런 반복되는 사건들. 발생하는 장소는 달라도 공통적으로 집단따돌림에 그 원인이 있다는 것은 주지의 사실이다.

100명의 집단에서 왕따를 당했다면 당사자 자신에게도 100분의 1이라는 문제점을 안고 있을 터이다. 그러나 그 상처는 100이 되어 분풀이의 출구가 불특정 개인이나 다수에게로 향한다.

사건이 터질 때마다 우리는 그 집단을 집중 성토해 왔다. 원인이 어디에 있는지 그 주변만 맴돌기 일쑤였다. 집단따돌림 현상이 학교에서 병영으로, 병영에서 예비군 훈련장으로, 다시 일반사회의 직장으로 확대 재생산되고 있다. 그 책임을 누군가에게 전가하는 것으로 문제는 해결되지 않는다. 집단성이 가장 큰 곳이 학교와 병영이니 쉽게 불거졌을 뿐이다.

전쟁을 대비한 사회가 군이다. 이 조직이 유지되기 위해서는 가정에서처럼 개인 사정을 다 봐줄 수가 없다. 실전에서는 동료 하나의 실수로 전 부대원이 몰살당하는 경우가 적지 않았다. 연장선상에서 동료의 실수 때문에 아무 잘못이 없어도 조직원들과 함께 부당하게 기합을 받기도 한다. 이 정도는 누구의 잘잘못을 따지기에 앞서 생사를 함께해야 하는 전우애를 다지는 한 방편이라 치자.

그러나 억울한 일이 있어도 후임이기에 선임에게 항변조차 할 수 없다는 것은 요즘 젊은이들에게는 참을 수 없는 굴욕일지도 모른다. 자신이 제대할 무렵이면 상처만 주었던 선임은 이미 제대를 해버렸다. 응어리를 풀고 싶어도 풀 수가 없다. 예비군 훈련장에서의 총기난사 사건만 하더라도 그렇다. 사건 당사자가 관심병사로 분류되었다면 그는 사교성도 없고, 맺힌 감정을 쉽게 해소할 수 있는 성격의 소유자는 더더욱 아니다.

군문을 떠나는 날, 부대장이나 함께 뒹굴었던 상관이,

"군 생활 중 참 힘들었지? 군이란 조직의 특수성을 너그러이 이해하게나. 군에서 자네가 참아냈던 그 부당한 부분이 앞으로의 사회생활에서 크게 도움이 되리라 믿네. 좋은 인연으로 다시 만날 날 있기를 기대하네."

힘찬 악수라도 나누었다면, 그는 지긋지긋했던 병영생활을 추억의 한 자락으로 간직할 수 있었을 것이다.

나는 신병훈련을 마치자 신설 제9공수부대로 배속받았다. 월남전에서 돌아와 합류한 장교와 하사관들의 폭언과 폭력에 속수무책이었다. 하소연할 데가 없었다.

월남전에서 철군하면서 이 부대를 창설한 여단장은 명예를 중시하는 야심만만한 야전군 사령관이었다. 기어이 대한민국 전군 전력평가에서 최우수 부대로 만들었다. 과정에서 동료들의 피나는 훈련이 뒤따랐고, 지휘관들은 부대 전력평가에서 좋은 점수를 얻기 위해 병사들을 강압적으로 직업군

인의 길을 걷게 했다. 이를 견디지 못한 병사들이 탈영을 하는 등 부작용과 불평이 많았다.

여단장은 우리의 전역신고를 직접 받았고 떠나는 병사들이 시야에서 사라질 때까지 CP에서 손을 흔들었다. 돌아서서는 눈물을 훔쳤다. 또 훗날 백발을 휘날리면서 귀성동산에서 옛이야기 하자면서 가정통신문을 보내기도 했다.

맺혔던 응어리는 다 풀려버렸다.
동방예의지국으로 돌아온다.
중국은 약소국으로 하여금 스스로 도리를 다하도록 우리를 동방예의지국이라 일컬었을 것이다. 이에 우쭐한 어른들은 이 말을 이데올로기적 산물로 만들어버렸다. 피에서 피로 이어져 온 이 말의 DNA 속에는 선배의 말 한마디면 물을 것도 따질 것도 없이, 기분 상하지 않고 척척 따라 주어야 하는 미덕이 담기게 되었다.

유교적 가치가 몰락하고, 아랫사람이라고 하여 더 이상 수족처럼 굴지 않는 수평적 인간관계로 세상이 바뀌었다. 손위라는 이름으로 아랫사람에게 무례하게 굴어도 용인되던 카드는 이제 더 이상 효력을 발휘하지 못한다.

동방예의지국이란 말의 우산 아래서 동료들이나 아랫사람들에게 일방적으로 무례를 범하지는 말아야겠다. 잠시의 말미도 주지 않은 채 명령조로 말하고, 사후에는 감사의 뜻조차 표시하지 않아도 윗사람이니 불쾌감을 드러내지는 않았다. 그게 동방예의지국 후손들의 미덕이었다. 하지만 이게 유쾌한 일이겠는가. 우리 사회에서 일어나고 있는 크고 작은 사건들이 무례한 언어생활에서 기인하고 있음을 본다.

말문을 열 때 Excuse me, 무언가 부탁할 때 Please, 감사의 표시로 Thank you, 영어권에서는 이 세 마디면 생활에 크게 문제될 것이 없다고 한다.

무례지국을 벗어나기 위해서는 우리말에도 손아래, 손위에게 공히 사용되기에 적절한 이 세 마디가 하루빨리 생겨나야 하겠다.

우리, 스마트하게 살고 있는가

시계를 10여 년 전으로 돌려본다. 캠핑을 간다면 우리는 어떤 것들을 챙겼을까.

밤을 대비하여 랜턴, 신나게 놀 수 있는 음악, 추억을 남길 카메라, 뉴스를 들을 수 있는 라디오나 TV, 그리고 읽을 책 몇 권 등이 전체 짐의 반을 차지하였을 것이다. 오늘날에는 이 모두가 손안의 스마트폰에 다 들어간다.

벨이 전화기를 발명한 이래 130여 년이 지나면서 전화는 진화를 거듭하여 무선통신의 시대를 열었다. 기능 면에서도 음성전달만이 아니라 문자메시지의 송수신, 시계, 계산기, 녹음기, 카메라, 손전등 등의 기능이 추가되면서 그 변신은 속

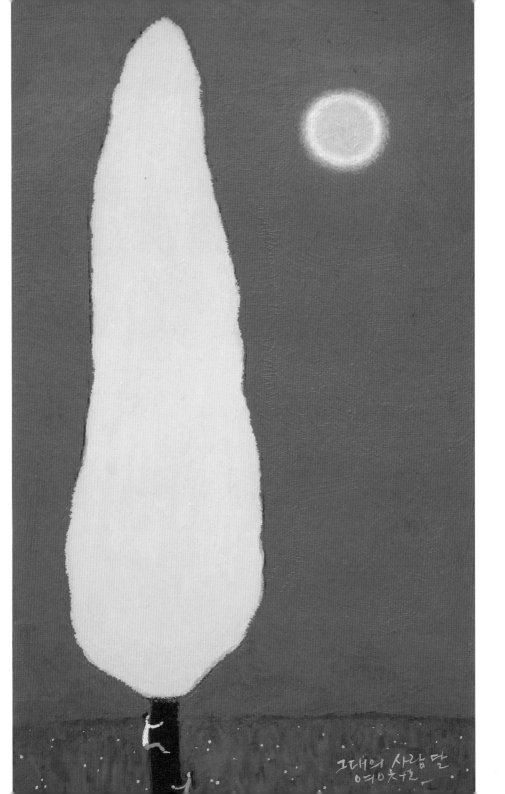

그대의 사랑만
ㅇㅇ처르

도를 더하였으며, 아직도 무한 변신은 계속 중이다. 스마트폰은 외국어의 번역 및 통역은 물론 라디오와 TV의 수신 기능, 동영상 촬영을 통한 뉴스 제보, 인터넷, 금융거래와 대금 결제 등 사용자에 따라서는 그 기능이 무궁무진하다.

언제 어디서나 인터넷 검색이 가능하기에 스마트폰은 손 안의 도깨비방망이로 손색이 없다. 장기간 여행 중일 때는 도서관에 접속, 전자책을 대출하여 보다 체계적인 지식에 접근할 수도 있다. 열차표나 공연 입장권 등 각종 예매 기능은 이미 널리 이용되고 있다.

검색하라, 그러면 해법을 찾으리라.

일단 궁금해하고, 이런 기능도 있겠지, 상상하면서 스마트폰을 뒤적인다면 그는 해법을 찾는다. 이런 편의성에 힘입어 국내 인구 약 80%의 손에 스마트폰이 들려져 있다.

가끔 길을 가다 보면 계단에 혼자 앉아 키득키득 웃는 사람들을 볼 수 있다. 스마트폰을 들여다보고 있는 사람들이다. 이렇게 혼자 노는 데는 아이 어른 가릴 것 없이 스마트폰만한 것이 없다.

스마트 개념은 폰에만 국한되는 게 아니다. TV도 인터넷이나 어플리케이션을 탑재하여 원하는 시간대에 원하는 방송을 보는 등 사용자 위주로 편의성을 도모하고 있다.

자동차 역시 스마트 개념이 도입되고 있다. 음주 운전자의 눈동자 상태에 따라 아예 시동이 걸리지 않게 한다든가, 무인 운전 등 사람이 상상할 수 있는 것은 모두 적용하여 스마트 자동차로 변신하고 있다. 앞으로 많은 제품이 스마트란 관형사를 달 것이다.

지인 K교장은 교장실을 찾은 민원인으로부터 입에 담지 못할 상스러운 언어폭력을 당하였다. 교무실로 통하는 문을 열고 교감 선생님을 불러 자초지종을 이야기하니, 그 민원인은 되레 "감히 하늘 같은 교장 선생님께 어찌 그렇게 말할 수가 있어요!" 하면서 발뺌을 하더란 것이다.

이후 그는 교장실에 작은 녹음기를 하나 비치하고는,

"자, 이제부터 녹음 들어갑니다. 하실 말씀 시원하게 하세요."

버튼을 누르면 그렇게 공손해질 수가 없다고 했다. 요즘 같으면 쥐도 새도 모르게 스마트폰으로 녹취하여 오히려 상황을 역전시킬 수도 있을 것이다.

어떤 이는 그의 상사가 워낙 인격적으로 훌륭한 사람이지만 맺고 끊는 부분이 불확실하여 실컷 이야기한 내용이 '하라는 것인지, 하지 말라는 것인지' 끝이 분명하지 않아서 난처하다고 했다. 궁여지책으로 상사의 방에 들어갈 때는 스마트폰으로 녹취를 하여 재삼 음미하면서 의중을 파악한다고 한다.

이런 녹취내용을 증거물로 공개하는 경우는 대화 당사자 간에 이해관계가 틀어졌을 때이다. 제출자는 거두절미하고 유리한 부분만 부각시키려 할 것이다. 국외자들은 보여주는 결과만으로 상황을 짜맞출 수밖에 없다.

기기는 사용자 중심으로 눈부시게 발전되어 가는데 사용자들은 여전히 자신에게 유리한 부분만 챙긴다.

현대인들이 도시생활을 하면서는 CCTV에 하루 몇 회 정도는 노출된다고 하지만 부지불식간에 대화가 녹음될 소지는 훨씬 많다고 할 것이다.

의도나 경우가 어떠하든 최근 녹취파일이 수없이 만들어지고, 여기저기서 공개되는 것을 본다.

스마트 기기들이 우리 삶의 발목을 잡는 덫은 아닌지, 살얼음판을 딛듯 말에 신중을 기해야 할 것 같다.

회초리는 나의 양심을 때리는 성물

가고 싶은 학교, 머물고 싶은 학교는
정녕 만들 수 없는가.

매스컴 보도를 접하다 보면 학생들에게 학교는 더 이상 학교가 아니라 지옥이다. 그것도 친구 때문에 학교에 가도 행복하지 않은 학생이 있다고 한다. 100인 100색의 전문가 처방은 넘쳐나도 문제는 조금도 해결될 기미를 보이지 않고 오히려 악화일로이다.

일제 치하에서도, 유신 시절에도 학교는 학생들에게 안전지대로서 학원 안에만 들면 경찰도 어쩌지 못했다. 학교라는 상징적 울타리가 건재했던 것은 교사의 권위가 깃든 곳이었기 때문이다.

오늘날 학교에서는 학생이 친구들로부터 집단따돌림을 당하고, 동료학생들에게 괴롭힘을 당해도 교사들에게 털어놓지를 않는다. 교사가 더 이상 바람막이가 될 수 없음을 잘 알기 때문이다. 상담을 받았다가 선생님에게 문제학생의 낙인까지 옮겨 붙을까 학생들은 전전긍긍하고 있다. 오죽하면 막다른 골목에서 자살을 택하겠는가.

학생과 교사, 학부모는 학교 사회를 이루는 주요 구성 요소이다. 학생을 위한 학교일 수밖에 없지만, 학교의 주인이 누구냐를 운운하기 전에 학교문화가 제 궤도를 벗어나지 않도록 보이지 않는 손의 구실을 하는 것은 교사의 몫이다.

전문직인 교사가 되기 위해서는 일정 자격을 갖추고도 3차에 걸친 임용시험을 통과하여야 한다. 응시생 중에는 재수 삼수 지원자가 수두룩하다. 통과하기가 바늘구멍이라 언젠가부터 임용고시란 말이 생겨났다.

엘리트 중에서도 엘리트들이 교육현장에 포진하는데도 왜 학교에서의 청소년 폭행과 자살은 숙질 기미가 보이지 않는가. 교육 당국은 엘리트 교사들을 임용하고도 왜 문제해결에는 속수무책인가.

　교사는 지식의 전수자 이전에 학생들을 훈육하는 전문직 인격자이다. 체벌에 관한 사항만 해도 그렇다. 회초리를 드느냐 마느냐, 또 그 수위는 교육 현장의 전문직 인격자인 교사가 결정할 사항이지 교육당국이나 언론, 또는 학부모가 관여할 사항은 아닌 것이다.

　교사로서의 권위와 재량을 박탈당한 식물 교사가 어떻게 학생들을 통제할 수 있겠는가.

　사명감으로 학생지도에 적극적으로 뛰어들었다가 낭패를 당하는 교사가 한둘이 아니다. 치열한 관문을 뚫고 교직에 발을 들여 놓았지만 이런 교육현장에 적응하지 못하고 사직하는 젊은 교사가 적지 않다고 한다.

　학생에 대한 사랑과 교육에 혼신의 힘을 쏟는 사명감 충만한 교사가 기댈 언덕은 우리 사회 어디에도 없는 것 같다. 시시비비를 가리고, 외풍을 막아주어야 할 교육 당국은 학부형과 언론의 눈치 보기에 급급하여 사회적 물의를 일으키는 교사로 낙인찍고 징계수순을 밟기 예사다. 이런 풍토에서 열정을 나타내는 교사들에게 돌아오는 동료교사들의 시선 또한 싸늘하다고 듣고 있다.

학교의 주인은 물론 학생이다. 학생은 아직 신체적으로나 정신적으로 성장을 해나가는 미숙한 존재들이다. 이들의 훈육에 관한 일체를 우리는 교사들에게 맡기지 않을 수 없다. 자격 기준에 맞추어 엄선에 엄선을 거듭했다면 교사들에게 걸맞는 권위도 주어야 한다.

회초리는 바로 교사의 권위이다. 아무렴 교사들이 아우 같고 자식 같은 제자들에게 폭력을 행사하는 도구로 회초리를 사용하랴. 만약 그런 함량미달의 교사가 있다면 교단에서 영원히 퇴출시켜야 한다.

차제에 교사의 임용제도에 허점은 없는지 돌이켜 보아야 한다. 공부벌레, 시험 잘 치는 사람이 교사 자격의 우선순위는 아니다.

'때려주서서 감사합니다'가 학부모와 학생 들 사이에 널리 회자될 때 건강한 사제관계가 형성되고, 학교사회는 제 궤도를 찾을 것이다. 교사의 회초리는 학생들을 때리기 전에 먼저 자신의 양심을 때리는 성물이다.

권위와 명예가 깃든 순금 회초리라도 만들었으면 좋겠다.

몸이 기억하는 언어

갓난아기를 죽음에 이르게 했다.

젊은 부부가 컴퓨터 게임에 빠져있었기 때문이다. 처음 들은 일은 아닌 듯하다. 부성애나 모성애가 사람의 경우에만 국한되는 것은 아니다. 짐승이나 물고기조차도 그 사랑은 지극하다. 백번을 이해하려 해도 납득이 가지 않았다.

이 끔찍한 소문을 접했을 때 나는 관상용 닭 실키의 가족사를 떠올렸다. 수년 전 팔공산 어느 펜션에서 야생으로 방목되던 수탉 실키와 블랙코친을 포함한 암탉 세 마리를 얻어와 봉황산 발치 주말주택에서 키운 적이 있다. 수탉의 원래 이름은

실크 팔리쉬. 일반 조류와는 달리 뽀얀 털이 보드랍고, 비단처럼 유난히 빛이 났다. 기회의 신 카이로스를 흉내 내듯 발 쪽에는 날개를 대신하는 털이 나 있었다. 털로 덮지 못한 부리와 다리 쪽의 푸른빛이 감도는 검은색이 몸은 물론 뼈까지 검은 오골계라고 자백한다.

그들은 알 낳는 일에는 그다지 부지런을 떨지 않았지만, 알을 품는 일만큼은 열성인지라 주말에 들르면 한 마리 정도는 알을 품기가 일쑤였다.

평소에는 깃털만큼이나 성질이 온순했으나, 알을 꺼내기 위해 둥지에 손을 대기만 하면 암수가 일제히 달려들곤 했다. 조리를 위해 알을 깨면 노른자에 붉은 실핏줄이 선명하여 아내는 소스라치게 놀라곤 했다.

한 차례 부화하여 병아리 열네 마리를 얻었다. 그들 중에는 블랙코친과의 교잡으로 검은 병아리도 섞여 있었다. 마당에 풀어놓았을 때 실키는 방아깨비나 지렁이를 발견하면 부리로 쪼아 새끼들이 먹기 좋게 만들었다. 그러고는 구구구 소리를 내어 새끼들을 불러 모으곤 털의 색과는 관계없이 맛있는 먹이를 양보하였다. 그들이 커가면서 어버이의 털처럼 윤기를 더해갈 무렵 푸른 잔디 위에서는 그 눈부심이 극에 달하였다.

예닐곱 달이 지나니 조숙한 수컷들이 조심스럽게 제 어미에게 수작이라도 걸자 실키는 어디고 따라가선 혼쭐을 내곤했다. 이웃 사람들에게 분양하려고 이런 골칫덩이 수컷들을 포함해 새끼들을 떼어놓았을 때 실키는 나에게 맹렬히 달려들었다. 가족을 건사하려는 가장의 비장한 도리가 아름답게 느껴졌다.

분양된 실키에게 매료된 이가 닭값 못지않게 그 계란도 무척이나 비싸다는 것을 알았다. 호기심 많은 그는 인공부화의 경험이 있었던지라 실키의 알 몇 개를 얻어 인공부화를 시도하였다. 성계가 4만 원에서 8만 원, 계란값은 몇천 원을 호가하니 그의 꿈은 부풀 대로 부풀어 있었다.

이 실키 3세들은 알을 낳기는 하는데 품지를 않아서 애를 태웠다

고 한다. 인공부화로 태어난 양계장 닭들이 알을 낳기만 할 뿐, 새끼를 치기 위해 알을 품지 않는다는 것은 이미 널리 알려진 사실이다. 이들 역시 양계장 닭의 속성과 크게 다르지

않았나 보다.

볕 좋은 어느 가을날, 마당에 풀어놓은 닭들을 이웃집 진도견 수미가 덮쳤다. 용케도 실키는 수미를 유인하여 가족들을 안전하게 대피시켰다. 아직도 실키의 행방은 오리무중이다. 좋은 먹이를 찾아 새끼를 양육하고, 제 한 몸 피하는 일이야 식은 죽 먹듯 쉬운 일이었음에도 실키는 불꽃 같은 삶으로 자신을 희생하였다.

새끼를 칠 때 어미 닭은 체온을 고루 전달하려고 날개나 꽁지로 품고 있는 알을 굴린다. 인공부화기 역시 이 점을 감안 온도를 일정하게 맞추고 롤러를 통해 같은 시간 간격으로 굴러주기까지 했을 것이다. 인공부화로 세상 빛을 본 실키 3세, 그들도 어버이에서 새끼로 이어지는 대물림의 유전인자는 갖고 있었을 것이다.

인공부화로 태어난 그들은 왜 알을 품지 않을까.

녀석들이 어쩌다가 알을 품어 부화에 성공한다 할지라도 양육에는 서투르기 그지없다고 한다.

신은 왜 그 유전자 꾸러미에 가없는 어버이의 손길을 담지 않았을까. 이 세상 만물의 어버이는 신이다. 어느 어버이에게 자식이 귀엽지 않으랴. 어버이라면 제 손으로 자식을 어르고 싶을 것이다. 신은 어버이의 손길을 손수 행사하고 싶었으리라. 자신의 손길이 모자라서 이 세상에 아버지나 어머니를 대신 보냈다고 하지 않던가.

아비나 어미가 새끼를 돌보는 것은 신의 영역을 대신하는 것이요, 새끼는 몸으로 이를 익혀 후세에 전해야 한다. 하여 천륜이라 일컫는지도 모른다.

앞서의 신혼부부들은 겉은 멀쩡한 우리의 이웃으로 손색이 없지만, 무엇으로도 대신할 수 없는 어버이의 그 따뜻한 손길을 몸으로 익히지 못했으리란 생각이 아주 잠깐 들었다.

몸으로 익히는 언어는 사람을 비롯한 동물에게서만 유효한 것이 아니다. 탐스런 대봉시의 씨앗을 심었을 때 다시 어버이와 같은 열매를 기대할 수는 없다. 과학이, 인간의 지혜가 신의 역할을 흉내만 냈을 뿐이다.

몸으로 익혀야 할 언어는 어버이와 자식 간의 지고지순한 사랑으로만 대를 이어가나 보다.

뭘 한 게 있다고?

며칠 전 서울에서 열리는 세미나에 참석하기 위해 KTX 승차권을 스마트폰으로 예매하였다. 어찌어찌 누르다 보니 경로우대가 보여 묘한 호기심이 발동하였다.

금년 새봄 노령연금을 신청하라는 서신과 지하철 무임승차 카드에 대한 안내를 받았다. 나이 때문에 특혜를 누릴 생각이 없어 까마득히 잊고 지내던 중이다. 선택하고 보니 무려 13,000여 원이나 할인된 금액이었다. 큰 발견이라도 한 듯 가슴이 뿌듯했다.

그 설렘 속에서 잠시 후 돌아올 시간을 가늠하여 다시 표를 예매하려는데 아무리 찾아도 경로우대가 보이지 않는다.

다른 차편을 선택해보았지만 마찬가지였다. 특정 차편만 경로우대가 되나 싶어 일주일 후의 서울행 똑같은 차편을 선택했지만 경로우대는 보이지 않는다. 한 시간 반 동안 오기로 찾았다.

유레이커!

예매화면에서, 바로 뜨는 '어른 1명' 버튼을 무심코 눌러버린 결과였다. 서울행을 예매할 때는 동행인의 표까지 내가 예매하느라, '어른 1명' 버튼을 눌러 2명을 선택하려는 과정에서 경로우대를 발견한 것이었다.

스마트폰 예매를 수없이 했지만, 매번 바로 뜨는 '어른 1명' 아래 '열차 조회하기' 버튼을 눌렀으니 경로우대는 이제까지 발견되지 않았던 것이다. 기왕 할인을 해주려면 눈에 띄게 해주지! 경로우대를 꼭꼭 숨겨둔 코레일의 처사를 원망했다. 오늘 이 글을 쓰려고 자세히 보니 '어른 1명' 버튼에 작고 파란 글씨로 '승객 연령 및 좌석수'가 눈에 띈다.

어떤 행위에 들어가기 전 사람들은 이미 의사결정을 해둔 상태라더니, '어른 1명'이 나왔으니 난 생각할 겨를도 없이 '열차 조회하기'를 눌렀던 것이다. 어른 혼자의 표를 예매할 때는 절대 발견할 수 없는 경로우대! 옆을 한 번쯤이라도 둘러보지 않은 나의 오래된 습관 탓이리라.

경로우대의 그 짜릿함이 어느 날부터 우울한 그림자로 다가왔다.

노인들과 마찬가지로 청소년이나 저소득 근로자 또한 상대적 약자이다.

은행은 부자들에게는 낮은 금리로 자금을 대출한다. 그 외에도 온갖 수수료를 면제한다.

청소년, 저소득 근로자들에게는 높은 이율로 대출을 하고, 송금과 일과 후 현금 인출 시에 높은 수수료를 전가한다. 이들이 부담한 수익으로 은행에서 우대를 받는다 생각하니 마음이 편치 않다.

이 강산에서 태어나 어른 모시고, 아들딸 키우면서, 몸과 마음이 지칠 때도 있었지만 이제껏 알콩달콩 잘 살아왔다. 나라를 위해 '뭘 한 게 있다고' 나에게 이렇게 특혜를 주는가, 생각할수록 참 쑥스럽다.

바로크 느크 로바

"아내를 먼저 보내니 머리에 묻습니다."

소식 뜸했던 구순 어르신이 지난해 상처하였다면서 나에게 들려준 이야기이다. 자식의 경우 계절마다 아픔이 되살아나지만, 배우자의 경우는 눈 뜨고, 자리 누울 때까지 발자국 닿는 데마다 함께했던 생각을 떨쳐버릴 수가 없다고 말했다.

이야기를 듣는 순간, 나는 엉뚱하게도 토끼풀과의 인연을 떠올렸다.

초등학교에 입학하기 전 그 풀은 나의 절친이었다. 나라로부터 여러 차례 효자상을 받은 아버지는 낮 동안 편찮으신 할머니의 말동무라도 되어주라고 나의 진학을 늦추었다. 집 안 팎의 토끼풀은 이른 봄부터 초겨울까지 무료한 나에게 말을 걸기도 하고, 때론 유희로 나의 친구가 되어 주었다. 어느 들 풀이 연중 이렇게 오랜 시간을 함께할 수 있으랴. 커가면서는 행운을 기다리는 설렘으로 네 잎짜리를 찾기도 하였다. 암튼 토끼풀은 나의 사랑을 많이도 받았다.

시골집 잔디밭에 토끼풀이 한 점 뿌리를 내렸을 때 반가웠 다. 끝이 뾰족한 잔디 잎과 토끼 발자국을 닮은 잎. 부동이화 不同而和의 표본처럼 보였다. 봄이 무르익어 하얀 꽃망울들이 부풀어 오르자 꿀벌들을 불러 모았다. 잔디는 흉내조차 낼 수 없는 일이었다. 신기함은 여기까지였다.

장마가 그친 뒤 시골집에 들렀다. 얌전하기만 하던 토끼풀 이 망아지처럼 잔디밭을 헤집고 다니면서 꽃대궁을 밀어 올 렸다. 산지사방 뻗어 나간 줄기가 촘촘하게 그물망을 이루었 다. 독일병정 같은 집요함으로 억센 잔디를 굴복시켰다.

이들을 솎아내는 일이 나에겐 곤욕이었다. 한여름 뙤약볕 에서의 작업이 수월하지는 않다. 잔디는 내가 가꾸지만, 잡초 토끼풀은 하느님이 가꾸신다. 더구나 내가 그렇게도 좋아했 던 이 풀들을 추방해야 하는, 의리를 저버리는 일이 나를 곤

혹스럽게 했다. 밭 한 떼기는 아예 이들에게 따로 허락했건만 이들은 내 마음을 아는지 모르는지 이내 잔디밭에 자리를 잡는다.

내 처지를 딱하게 여기는 이웃 사람의 이야기를 듣고, 금년 봄 나는 풀들에게 소금을 뿌렸다. 서리 맞은 듯 숨죽은 모습을 보니 마음이 몹시 아렸다.

끈질기게 뜀뛰기로 영역을 넓히고, 마침내 온 땅을 점령하지만 그들은 정직하고 순진하다. 제가 뛰어간 자리에는 '나이리 지나갔소.'란 듯 자국을 선명히 남긴다. 비 온 뒤 혹은 물을 취했을 땐 얼마나 얌전한지 꽃대궁이나 줄기를 당기면 순순히 원뿌리가 있는 곳을 안내한다. 소금 뿌린 일이 후회가 된다.

후회도 잠시, 비가 한두 차례 지나가자 그들은 다시 원기를 회복하고 뜀뛰기를 시작했다. 뽑힌 자리에서, 뽑혀 나간 풀더미에서 헝클어져 있었건만, '바로크 는크 로바'는 물기만 닿으면 다시 생생하고, 남은 것들도 이내 툴툴 털고 일어선다. 바로 읽으나, 거꾸로 읽으나 '바로 크는 클로버'이듯 말이다.

사랑이 옆에 자리할 때는 그것이 사랑인 줄 모른다. 사랑이 영영 떠났다 싶어도, 그 어르신의 애틋한 사랑처럼 때와 곳을 가리지 않고 새록새록 돋아나는 것이 '바로 크는 클로버'의 속성과 다르지 않다.

부부의 사랑은 몸이 시간으로 쌓고 쌓은 일상의 습관이자 패턴이다. 물론 몸은 모음의 준말로 신체와 마음의 기능을 모았다. 그래서 사랑이 떠난 자리는 쉬이 아물지 않나 보다.

왜 결혼을 하려 하지 않지?

젊은이들이 결혼을 하려 하지 않는다.

아이도 낳지 않으려 한다.

국가가 신혼부부들에게 출산과 육아를 위해 쏟아붓는 복지정책이 부족해서만은 아니다. 이들이 결혼과 출산을 기피하는 데는 우리 시대를 살고 있는 부모세대가 크게 한몫을 해왔다. 젊은이들의 눈에는 아등바등하면서 무한질주하는 부모들의 삶이 행복해 보이지 않았다.

그들은 '둘도 많다. 하나만 낳아 잘 키우자.'는 구호 아래 왕자 또는 공주 대접받으며 부족함 없이 자랐다. 은연중에 아들은 아버지보다, 딸은 어머니보다 한 수 위라 생각해왔다. 대학을 졸업하고 사회에 나와서도 아버지나 엄마보다 나은 대우를 받으며 일할 곳을 찾는다. 간신히 직장을 얻어도 온실 밖 세상이라 찬바람만 몰아친다.

삶 자체가 팍팍하고 힘들수록 서로 의지하고 위로받을 상대를 찾는다.

나 자신보다 더 많이 나를 사랑하고 채워주려고 애쓰는 사람, 부부이다. 자식은 둘 사이를 더욱 돈독하게 할 것이며, 살아가면서 웃음을 잃지 않게 하는 행복의 바탕이다. 뿐만 아니라 어떤 역경과 좌절 앞에서도 꿋꿋하게 다시 일어서게 하는 충전의 원천이다. 절실히 짝이 필요할 때인데 그들은 왜 결혼을 기피하는가.

들려오는 소리는 소문일 뿐 무시해야 하는데 그게 그렇지가 않다. 친구는 결혼과 더불어 수억 자산의 집주인이 되어 있다. 임신 출산 백일 돌 등 과정마다 시어머니로부터 금일봉이 답지하고, 아이들 교육보험까지 들어주었단다.

할아버지의 재력이 으뜸이란 사교육 마당에 휩쓸리자니 아찔하다. 부모를 선택해 태어나지 못한 것이 서럽고, 열심히 살아도 이런 부모가 될 수 없으니 인생의 출발선상에 서 보기도 전에 기권을 한다.

수양버들 사이로 달빛 흐른다 ~이야기2

눈부셔 왜 결혼을 하려 하지 않지?

멋있게 보이려는 철없는 어른들의 자랑질이 자신은 물론 무임승차한 자식의 앞날도 망치고, 건강한 이 땅의 젊은이들을 실의와 좌절 속으로 몰아넣는다.

무엇이 되어, 얼마만큼 주느냐는 맛도 멋도 아니다. 수고를 아끼지 않다가 자식에게 베푸는 모처럼의 사랑 표현은 파격이자 멋이다. 노고를 감내하면서 맛을 잃지 않으려는 어른행세를 뒷전으로 미루어서는 안 된다. 일말의 노고는 뒤로하고 멋있게 보이려는 철없는 노인들의 자랑질이 젊은이는 물론 많은 사람들을 한숨의 구렁으로 내몬다.

멋있게 보이려는 어른들의 자랑질 때문에 젊은이들이 결혼을 하지 않으려 하고, 아이들을 낳으려 하지 않는다.

그 사실을 아는 사람은 많지 않은 것 같다.

맛은 나, 멋은 너!
갈고 닦은 나의 맛을, 너가 멋으로 받아들인다.

너에게 멋있게 보이려 하기 전에, 나다운 맛을 내고 또 지켜내야 하리라.

새로
만들어서 꼭 새 길
은 아니다. 이제까지 걷
던 길도 새로운 마음으로
걸을 때 새 길이 된다. 오
늘도 새 길을 찾아 나
선다.

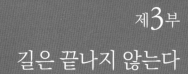

제3부

길은 끝나지 않는다

노블레스 오블리주, 남평문씨 세거지

아리스토텔레스는 남을 설득하기 위해서는 세 가지 요소, 즉 이치에 합당한지(로고스), 상대의 마음은 헤아리고 있는지(파토스), 그리고 평소 실행에 옮기고 있는 나의 진정성(에토스)을 살펴보라고 했다.

오늘날 세상이 시끄러운 것은 너무 똑똑한 사람이 많기 때문이다. 어떤 사안에 대하여 나름의 논리를 끌어와서는 상대의 감정이나 정서는 안중에도 없으면서 또 정작 자신은 실천하지도 않으면서 상대에게 무턱대고 강요하기 때문이다.

지위나 형편이 우월적 위치에 있으면서도 거기에 상응하는 투철한 도덕적 의무를 지고 일제 강점기의 난세에도 솔선

수범을 보인 가문이 있으니 화원 본리리의 남평문씨들이다. 최근 들어 나는 대구를 찾는 외지인들이 있으면 이곳 남평문씨 세거지로 안내한다. 내가 문씨가 아니어서 더 편안하게 설명한다. 묘하게도 그것은 그들만의 자랑이 아니라 대구를 지키고 가꾸어야 할 우리 대구인들의 자긍심으로 연결이 되기도 한다.

문익점 선생의 18세손인 문경호 선생이 이 마을에 터를 잡은 것은 1840년경이다. 골목이 이미 직선으로 건설되었다는 점이 특이하다.

지방 부호이자 독립운동가인 수봉 문영박* 선생은 일제 암흑기가 시작되자 광거당 내 문중문고인 만권당에 더 적극적으로 전적을 수집하였으며 당대의 문인 학자들을 초청하여 학문을 논했다. 모르긴 해도 풍전등화의 나라 걱정을 많이 하였으리

---

* 문영박文永樸 : 1880(고종 17)~1930. 자는 장지章之, 호는 수봉壽峯. 대구광역시 달성군 출신. 영남의 거유巨儒로서 1919년부터 1931년 만주사변이 일어나기 전까지 전국 각지를 내왕하면서 군자금을 모금, 대한민국임시정부에 전달해주어 임시정부를 크게 도왔다. 이에 보답하기 위하여 임시정부에서는 그의 사후 1931년 10월 임시정부 일동 명의로 특발特發과 "대한국춘추주옹문장지선생大韓國春秋主翁文章之先生"이라는 조문弔文을 보냈다. 필사본 수봉유고壽峯遺稿 3권이 있다. 1980년 건국포장, 1990년 건국훈장 애국장이 추서되었다.

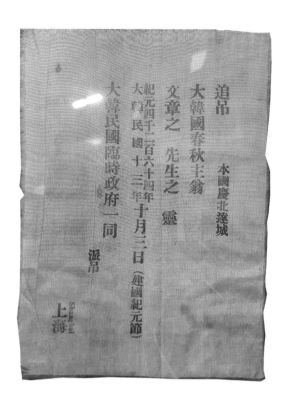

라. 문씨 집안에서는 일제가 세운 신식학교에 자제들을 보내지
않고, 광거당에서 독자적으로 후세들을 교육하였다.

　1982년 문중에서는 소장 전적과 자료들의 소실燒失을 우
려하여 콘크리트조 건물을 지어 만권당과 수백당에 소장되
어 있던 6천9백여 책과 후일 수집한 1천5백여 책을 옮기고
인흥마을과 천수봉에서 딴 인수문고란 현판을 걸었다. 소장
도서는 8,500여 책 약 2만 권으로 우리나라 어느 서원보다도
많다. 특히 어느 책도 낙질落帙 없이 오동나무 상자를 따로 만

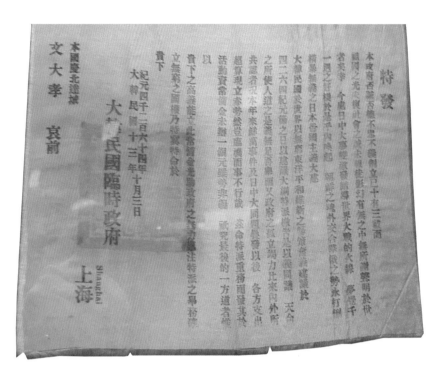

들어 보관해 오고 있다.

　장서 중에는 중국에서 수입한 고가의 전집들이 많다. 수봉 선생이 중국에 망명한 우국지사 창강 김택영** 선생에게 부탁하여 중국에서 귀한 전적들을 수집하였다.

** 김택영(金澤榮) : 1850년(철종 1)~1927. 자는 우림(宇霖), 호는 창강(滄江), 당호는 소호당주인(韶濩堂主人). 경기도 개성 출생. 을사조약을 통탄하다가 1905년 중국으로 망명. 저서로는 『한국역대소사(韓國歷代小史)』·『한사경(韓史棨)』·『교정삼국사기(校正三國史記)』 등이 있고 시문집으로 『창강고(滄江稿)』와 『소호당집(韶濩堂集)』이 있다.

목포로 보내진 이 책들은 소달구지로 인흥마을까지 옮겨졌다. 여기에는 대한민국임시정부에 독립자금을 보내는 한편 일제의 감시를 피하는 고도의 전략이 들어있다.

실제로 수봉 선생은 파리장서사건으로 투옥된 유림을 위해 큰돈을 희사하기도 했다. 이 모두가 당시로서는 위험천만한 일임에 틀림없다.

상해의 대한민국임시정부는 수봉 선생의 부음을 접하고 선생의 공을 인정하여 가로 15cm 세로 22cm의 분홍색 비단 천에 활판 인쇄된 조문을 준비했다.

1931년 10월 3일(건국기원절)에 공식적으로 추조문追弔文과 특발문特發文을 비밀리에 자제들에게 전할 특사를 파견하였다. 고인께서 상해임시정부에 상당한 기여를 한 것에 대한 감사와 포상의 뜻이다. 하지만 이 추조문追弔文과 특발문特發文은 임시정부 경남북 대표인 이교재李敎載 지사가 지니고 환국하였으나 일경에 체포되어 옥사함으로써 세상에 알려지지는 않았다.

조국 광복 후 십수 년이 지나서야 창원 이 지사의 본가에서 집수리 중 이 두 문건이 천장에서 나와 세상 빛을 보게 되었다. 덕분에 비단 특유의 광채와 인쇄가 금방 끝나서 아직 덜 마른 잉크 냄새가 풍기는 듯하다. 이들을 보는 순간 내 가슴에서는 당대의 지사들을 만나기라도 한 것처럼 쿵쾅거렸다.

이번 여름 한국문인협회 문효치 이사장과 콘텐츠개발위원들을 세거지로 안내하였다. 인수문고 옆에 한국학 주요도서 6천여 권을 수집하여 중곡서고를 건립한 중곡 문태갑中谷 文胎甲 선생이 인수문고에서, 대구시장을 역임한 그의 종제 문희갑 선생이 광거당에서 시간과 공간을 넘어서 아리스토텔레스의 주문을 실천하고 있었다.

고향을 지키면서 선비정신을 실천하는 두 분의 모습이 참 아름다웠다.

길은 끝나지 않는다

새로운 길을 찾는 것도, 길을 잃어버리는 것도
길 위에서이다.

최근 세계에서 유래를 찾아보기 힘들 정도로 한국인들이 길로 쏟아지고 있다. 걷는 길 이름도 지역이나 주변 환경에 따라 올레길, 둘레길, 자드락길, 맛길, 물레길, 해파랑길 등 다양하다.

이른 새벽에도, 낮에도 늦은 밤에도 사람들은 길의 초대에 기꺼이 응한다. 주말이나 휴일이면 외지로의 원정도 마다하지 않는다. 뿐만 아니라 해외까지 섭렵하는 이들도 있다.

기계나 컴퓨터 등 문명의 이기에게 노동시간을 빼앗겨 시간적으로 여유가 많아졌다. 자의 반 타의 반 그저 시간이나 죽이고자 이러한 길로 우리가 나서는 것도, 길이 있어서 길로 나서는 것도 아니다.

로버트 프로스트처럼 두 갈래 길 앞에서 하나를 가보지 않은 길로 남겨둘 정도라도 된다면 현대인들에겐 차라리 다행인지도 모른다. 같은 듯 다르거나, 다른 듯 같은 수많은 갈래 길 앞에서 우리는 망설여야 하는 것이 사실이다.

길 위에 나서볼 때 비로소 길이 보인다. 또래 나무들이 서로 가지를 비켜 뻗으면서 화해를 하는가 하면 서로 한 줌의 햇빛이라도 더 보려고 눈물겹게 키 경쟁을 하는 모습을 보면서 우리 삶의 모습을 되돌아보기도 한다.

우리가 추구해야 할 삶의 길에서 최선 아니면 차선은 무엇일까.

덕을 쌓는 일이리라. 덕德을 파자하면 사람亻 간에 열의 눈을 가지고 두 눈으로는 보지 못하는 부분까지도 상대를 헤아려서 마침내 한마음이 되라는 것이다.

□ 우정의 길
— 둔촌과 천곡의 문경지교刎頸之交

    문과 급제자 188명, 상신相臣 5명, 대제학 2명 등을 배출한 광주廣州 이씨는 조선 시대 명문가 중 명문가라 할 만하다. 시조공 이당李唐의 묘가 경북 영천에 있는 것도, 광릉이라 불리는 것도, 그 위쪽에 천곡泉谷 최원도崔元道의 어머니 정부인 영천이씨의 묘가 자리한 것도 선뜻 이해가 가지 않을 것이다.

    고려 말기 요승 신돈이 전횡을 일삼으며 세상을 어지럽히자 천곡은 고향 영천으로 낙향하였다. 과거 동기인 둔촌遁村 이집李集이 신돈을 신랄하게 비판하여 마침내 포살령이 떨어졌다. 신변위협을 느낀 둔촌은 연로한 아버지를 업고 밤중 산길을 택하여 간신히 천곡의 집에 당도하였다.

    그날 천곡의 생일잔치가 열리고 있었다. 천곡은 둔촌 부자를 보고 반기기는커녕, "누굴 망치려고 이곳까지 찾아왔단 말인가!" 대노하여 이들을 내쫓고, 역적들이 앉은 자리라면서 그들이 걸터앉았던 바깥채 툇마루를 불질러버렸다.

    쫓겨난 둔촌은 천곡이 진심으로 내친 것이 아닐 거라 생각하고 멀지 않은 길옆 덤불 속에 몸을 숨겼다. 천곡은 손님들이 돌아가자 밤늦게 둔촌 부자를 아무도 모르게 자신의 다락방에 숨겼다. 식욕이 왕성해졌다면서 큰 그릇에 고봉으로 밥을 담게 하여 셋이서 나누어 먹었다.

이상하게 여긴 여종 제비가 문구멍으로 몰래 들여다보았다. 이 사실은 부인에게 전달되었고, 마침내 천곡의 귀에도 들어갔다. 천곡의 함구령에, 발설을 염려한 부인은 문지방에 혀를 얹고 문을 닫아 스스로 벙어리가 되었다. 제비 또한 비밀을 지키려고 자결하였다.

이듬해 둔촌의 부친 이당이 돌아가시자 천곡은 자신의 수의를 내어 주고, 어머니 산소 아래 자신이 묻힐 묘자리에 장사지냈다.

광주이씨는 이당을 시조로, 둔촌 이집을 제1대로 한다. 이당의 후손들은 지금도 시조 묘제 때 천곡의 모친 영천이씨와 양 집안의 멸문지화를 자결로 막아낸 제비의 제물까지 준비하여 같이 제사를 올리고 있다.

우정과 신의를 중히 여기는 두 사람의 문경지교刎頸之交는 일제강점기 교과서에는 '진우眞友'로, 2001년부터는 초등학교 4학년 1학기 교과서 '생활의 길잡이'에도 실려 있다.

□ 충과 효, 의리의 길

— 호수 정세아와 백암 정의번, 충노 억수

백암 정의번(1560-1592)은 선비 의병장인 호수 정세아 (1535-1612) 선생의 맏아들이다. 임란 때 부자는 의병을 일으켜 왜군에게 점령되었던 영천성을 탈환하였다. 다시 전열을 가다듬어 이웃 경주성 탈환작전을 펼쳤다. 치열한 혈전에 관군들마저 무기를 버리고 도망을 가는 판에 정세아 의병장을 비롯한 영천 의병들은 목숨을 걸고 적진으로 돌격해 들어갔다. 전투는 점점 불리하게 전개되었고, 백암에겐 적진에 포위된 아버지를 구해야겠다는 일념뿐이었다.

백암은 종 억수에게 나중 아버지를 모시기 위해 자신을 따라오지 말고 몸을 숨겨 목숨을 부지할 것을 명했으나, 억수는 주인과 종 간의 의리도 군신 간, 부자간의 의리와 다르지 않다면서 죽기를 결심하고 주인을 뒤따랐다. 그들은 포위망을 뚫고 전장을 휘저었으나 중과부적으로 장렬하게 최후를 맞았다.

전쟁이 끝난 후 정세아 선생은 아들의 시신을 찾기 위해 경주성으로 갔으나 허사였다. 아버지는 북받쳐 오르는 슬

품을 안고 화살촉으로 초혼하여 집으로 돌아올 수밖에 없었
다. 시신 대신 평소의 의관을 비롯한 유품과 충효를 노래한
지인들의 시문으로 장례를 치렀다.

흙무덤 앞에 '증통정대부승정원좌승지겸경연참찬관백암
정공지총贈通政大夫承政院左承旨兼經筵參贊官柏巖鄭公之塚'이라 새긴
화강석비를 세웠다. 그 아래에는 충노 억수의 무덤이 있다.
엄연한 신분관계에도 불구하고 그들이 걸은 충의의 길은 아
름답다.

세계적으로 유례가 없는 시로 만든 무덤, 시총詩塚은 억년
의 향기로 남을 것이다. 충노억수지묘忠奴億壽之墓의 주인공
억수 역시 그 수명이 억년은 가리라.

□ 우애의 길, 훈지상화塤篪相和
　— 훈수塤叟 정만양과 지수篪叟 정규양

성리학자 형제, 훈수 정만양鄭萬陽;1664~1730과 지수 정규
양鄭葵陽;1667~1732은 의병장인 호수 정세아 선생의 5세손으
로, 영천시 화북면 횡계리에서 구곡원림 횡계구곡을 경영하
면서 주자의 도학적 삶을 실현하였다.

"형이 흙으로 빚은 악기를 불면, 동생은 대나무로 만든 피리를 불어 화답한다."는 시전詩傳 구절 훈지상화壎篪相和를 떠올리게 하는 호 훈수壎叟 지수篪叟에서 양수 선생의 화목한 우애를 짐작할 수 있다. 유언에 따라 壎篪 두 글자의 변과 머리를 딴 이름이 오늘날까지 후손들의 이름에서도 나타나고 있다.

1701년에 정규양이 건립한 태고와는 1730년 제자들이 개축하면서 모고헌이라 불린다. 정면 2칸 측면 2칸의 팔작지붕으로 사방 퇴간退間을 두른 정사각형 평면으로 내가 가장 아끼고 좋아하는 누각이다. 횡계서당 안에 있다. 횡계구곡 중 제3곡이다.

계곡에서 보면 중층누각의 형태이나 서당 마당 쪽 배면에서는 단층 건물로 되어 있다. 가운데 온돌방 1칸을 중심으로 4위에는 모두 마루를 깔았고, 마루의 둘레에는 전면에만 난간을 설치하고 나머지 3칸에는 모두 판벽과 판문을 설치한 독특한 양식이다.

상류로 걸어서 5분 정도 거리에 1717년 건립된 옥간정이 있다. 전면은 누형식으로, 후면은 자연석 기단을 돌렸다. 정면 3칸, 측면 4칸 반으로 ㄴ자형 평면을 이루고 있다. 지붕은

팔작지붕이다. 횡계구곡 중 제4곡이다.

나라에서 몇 차례 관직을 제수하였으나 끝까지 사양하고, 형제는 이곳에서 은거하며 옥간정과 모고헌을 오가며 강학을 펼쳤다. 수학한 영남 선비들이 100여 명에 이른다. 풍원부원군 영의정 조현명, 참의 정중기, 승지 정간, 남창 정제, 판서 이유, 참판 신준 등 당대 최고의 명현들이 모두 그의 문하 출신들이다.

1728년 무신역변 때는 양수 선생과 그 동생 오졸재逜拙齋 정몽양鄭夢陽 3형제가 의병을 일으키기도 했다. 훈수 선생은 1730년 67세의 나이로 옥간정에서 세상을 떠났다.

임종 때 자손들에게 사군이충事君以忠 사친이효事親以孝 양덕이검養德以儉 지신이공持身以恭의 충효검공을 가훈으로 내리고, 제자들에게는 지려명절砥礪名節, 명분있는 절의를 갈고 닦으라의 당부를 남겼다.

양수 선생이 저술한 책은 훈지록 16권 등 10여 종 백여 권에 달한다. 집안 살림을 동생인 오졸재가 맡아주고, 훈지 형제가 힘을 모아 정진했기 때문에 방대한 저술이 탄생할 수 있었다.

우애 있는 집안을 들여다보는 것으로도 행복하다.

사람을 중심에 놓고 생각해보는 것이 우리 시대의 화두가 되고 있는 인문학의 취지이다. 친구를 위하여 나를 희생하는 일도, 충비나 충노처럼 의를 위해 목숨을 내놓는 일도, 형제간의 한결같은 우의를 다지는 일도 쉽지 않다.

노비의 신분이지만 덕을 실천한 충노, 충비 그들은 사후 수백 년 세월에도 양반들로부터 기림을 받는다.

문학도 삶도 덕德을 구하는 일이다. 이미 조상들이 그 덕의 길을 열었고, 실천해 오고 있었다는 사실을 주목하니 발걸음이 한결 가볍다.

새로 만들어서 꼭 새 길은 아니다. 이제까지 걷던 길도 새로운 마음으로 걸을 때 새 길이 된다.

오늘도 새 길을 찾아 나선다.

결정장애 시대 토끼몰이

손녀와 구멍가게에 들어섰다.

마음에 드는 하나를 고르라고 하였더니 아이는 쉽게 결정을 못 하고 망설인다. 내가 아이를 키울 때만 해도 가진 돈이 적어서 고를 게 없었다. 아이가 원하는 것은 거의 다 들어있는 종합선물 세트의 인기가 대단했다. 요즘은 돈이 문제가 아니라 너무 많은 것들 중에서 골라야 하니 장고를 할 수밖에 없다. 물론 종합선물 세트는 없어진 지 오래이다.

클릭의 시대를 사는 어른들의 경우도 아이들과 크게 다르지 않다. 의사결정이 쉽지 않다.

오늘 낮 식사로 무엇을 시킬지 스마트폰 혹은 메뉴판을 들여다본다. 어느 게 최선의 선택이 될까. 결정을 내리지 못하고 망설이는 이들이 많다.

'아무거나'란 메뉴가 인기를 끈다. 가장 많이 선택된 메뉴를 인공지능이 알아서 선택해주는 방법이다.

효율과 합리성을 앞세우는 정보들이 차고 넘치건만 나는 의사결정에서 주체가 되지 못하는 경우가 허다하다. 차라리 신문 귀퉁이에 난 오늘의 운세가 나의 결심을 도와주기도 한다. 하루를 조심스럽게, 또는 힘을 내기도 한다.

자칫 사람들과 말을 섞었다가 설렁한 분위기를 만들 수 있다. 삼키는 것이 그나마 차선은 되는데 목구멍까지 올라오는 말을 참지 못하여 낭패스런 경우가 있다.

정도가 넘치거나 모자라는데도 자기 생각이나 주장을 우기는 사람들을 만난다. 전후 사정을 감안해보면 그다지 동의할 수는 없다. 그럼에도 그들이 부럽다.

자기 생각이라곤 하지만 순수하게 자기만의 생각은 몇 퍼센트나 될까. 하늘 아래 새로운 게 없듯이 남의 생각을 가미한 것이다.

가장 가까운 부모나 자식, 선생님의 의견에 귀 기울이는 이가 많지 않다. 오히려 스마트폰이나 SNS 등이 우리의 의사결정에 크게 영향을 준다.

우리 삶 속의 모든 선택들이 빅 데이터를 구성하게 되고 인공지능은 이를 가공하여 정보로 바꾼다. 앞서의 '아무거나'란 메뉴는 AI가 그날그날의 빅 데이터를 정보로 가공한 결과로서 전연 돌팔이는 아니라 생각한다.

AI가 나의 성향을 파악하여 아부를 하지는 않을까? 가능성을 전연 배제할 수는 없다.

나이 탓인지 한때 비아그라 광고가 이메일에 자주 등장하였다. 무심코 클릭하여 지웠는데도 이후 비아그라는 물론 유사한 성분의 세우그라, 올리거라 나아가 미희들과의 만남을 주선하는 스팸성 광고가 쇄도하였다.

너튜브에서 어쩌다 야설이라도 한번 읽으면 민망스럽게도 유사 내용이 제일 앞자리에 올라온다.

이 나이가 되고 보니 보수성향의 톡을 보내주는 이들이 많다. 한미 정상의 청와대 만찬에서 트럼프 대통령은 가슴에 손을 얹고 있는데, 태극기 앞에 선 문재인 대통령의 손은 내려져 있는 영상이었다. 전혀 믿을 수 없는 일이었다.

알고 보니 미국 국가The Star-Spangled Banner가 연주 중이었다. 애국가가 연주될 때는 트럼프의 손이 내려져 있었음은 말할 나위가 없다.

AI는 이렇게 가짜 뉴스들이 성향이나 진영을 찾아가는 데 크게 도움을 주어 사실 왜곡은 물론 편 가르기에 일등공신이 되고 있다.

AI는 단지 통계수치만 존중할 뿐이다. SNS를 통해 입수한 보수성향 또는 진보성향의 영상을 한두 번 시청하면 AI는 자동으로 그 성향의 영상만을 집중해서 추천하여 준다. 그래서 사람들은 태극기나 촛불 진영의 열성적인 집토끼가 되는 것이다.

우리 공동체가 나아가야 할 가치나 방향 설정에 대해서는 이미 사람들이 다 알고 있으나 관심 밖이다. 집토끼들의 환심을 사기 위해서는 극단적인 생각이나 가짜 뉴스가 훨씬 효과적이라는 것을 선동가들은 너무나 잘 알고 있다.

이 시간에도 AI는 나를 어느 집단인가의 토끼장으로 몰이를 하고 있다. 무서운 세상이다.

카메라를 구입하기 위해서는 인터넷 서핑이 전문가의 자문보다 훨씬 효과적이다. 기기별, 사용 경우별 장단점을 체계적으로 비교해볼 수 있고 쇼핑몰별 제시가격과 사용자 후기를 통하면 거의 완벽한 정보를 얻을 수 있다. 몇 차례 검색을 하고 나면 컴퓨터가 시선이 닿기 좋은 곳에 관심 가질 만한 상품의 배너를 띄워 놓는다. 이 역시 AI가 나름 나를 어느 집단으로 분류하여 토끼몰이를 하고 있는 중이다.

AI가 좋은 친구가 되기에는 아직 이르다.

진정한 친구는 상대가 듣고 싶어하는 말이 아니라, 듣기 싫어하더라도 꼭 들어야 할 말을 들려준다.

제4차 산업혁명 시대, 토끼몰이를 당하지 않기 위해서는 자기 의사를 주도적으로 결정하는 일이 강조되고 강조되어도 지나치지 않다.

몽고반점 나카하라 미치오中原道夫 선생

나카하라 선생과의 인연은 죽순竹筍과 일본 사쿠柵의 교류로부터 시작된다.

죽순과 사쿠는 시전문 월간지로 1946년에 창간, 1949년 휴간하였다. 죽순은 1979년에, 사쿠는 1986년에 복간되었다. 1994년 오사카에서 합동시화전을 열었던 죽순 발행인 이윤수와 사꾸 발행인 시가히데오志賀英夫 두 분은 형제 이상의 끈끈한 인연으로 엮여 있었다.

윤장근 소설가가 죽순 2대 회장을 맡으면서 윤장근 하오명 김경호 김소운 김창제 남재현 여환숙 장호병, 나카하라미치오中原道夫 미나미쿠니카즈南邦和 왕수영王秀英 등 동인들 간에 인적교류와 왕래가 활발했다. 2004년 오사카와 대구에서 합동시화전을 열었다. 큐슈 다카치오에서, 또 제주에서 한일문학 행사를 가지는 등 자주 만났다.

윤장근과 나카하라 미치오中原道夫 두 분은 비슷한 체격과 연배로 우정이 남달랐다. 주석에서 두 분은 어깨동무를 하여 한국민요 아리랑과 일본민요 후루사토古里를 함께 부르면서 좌중의 흥을 돋우었다. 국경을 초월한 문정이 아름다웠다.

나카하라 선생의 이야기로 돌아온다.

그는 이상화 이윤수 구상 시인을 존경하는 지한시인知韓詩人이자 한국인들의 사랑을 받는 일본의 원로시인이다. 내가 2012년 죽순문학회장을 맡은 후 '죽순 창립 70주년기념 죽순의 해외문학교류', 그리고 이상화기념사업회 주관의 '이상화 시인의 시정신'에 관한 국제세미나에서 발제를 하는 등 나를 많이 도와주었다.

2017년 동아시아문학제 '한중일 정형시 포럼'에서 그는 '현대시와 하이쿠'를 발제하여 호평을 받았다. 이튿날 문학콘서트에서는 니시오카 겐지西岡健治 교수가 '시인이 옥사한 땅에도 봄은 오는가'라는 주제로 강연을, 나가이 히사꼬中いひさ子 시인이 자작시「항아리甕」낭독을 하였다. 그때마다 왕수영 시인께서 통역을 담당했다. 만찬과 뒤풀이에서는 3국의 문인들이 춤과 노래로 어울어졌다.

몽고반점 나카하라 미치오 선생

장홍張弘 교수가 중국 변방 유목민족의 애절한 민요를, 니시오카 교수가 북한 가요 어머니를, 임은주 수필가가 아리랑을 불렀다. 나카하라 선생은 시종 하모니카 연주로 분위기를 주도하였다.

다음 날 경주로 문학기행을 가서 천마총과 안압지를 둘러보고 버스에 오를 때였다. 그의 손에 언제 그렸는지 풍경화 한 점이 들려 있었다. 이 그림을 기념으로 대구에 남기자고 부탁하고 싶었지만 목구멍까지 올라오는 말을 삼켰다. 지금도 나의 이런 우유부단한 성격이 못마땅하다.

섬세한 감성으로 시와 음악, 그림, 글씨에서 뛰어난 그가 휘호하여 준 'そらのうえのそら' 부채를 들면 더위 걱정이 사라진다.

2005년 구상 선생 서거 1주기 추모문학회에서 그는 "윤장근 선생 궁둥이에도, 나의 궁둥이에도 몽고반점, 우리는 형제!"라고 했다. 아프리카와 아메리카를 수평이동하면 아귀가 맞다. 일본열도도 아시아 대륙에서 떨어져 나갔다. 지구의 지각변동 전에는 한국과 일본은 하나의 땅이었으니 그 뿌리는 같을 수밖에 없다.

어느 자리에선가 선생께서는 시집 『조국의 우표에는 언제나 눈물이』로 1996년 상화시인상을 받은 왕수영 선생의 시

「고아」를 한국문인들에게 소개하였다. 「고아」 재조명은 재일 한국인 어머니들이 자녀들에게 모국어를 가르쳐야 진정한 어머니라는 공감의 박수였다. 이해관계보다는 근원적인 인류애로 접근하는 그의 한일우호 정신을 엿볼 수 있다. 이후 이 시는 나의 애송시가 되었다. 한일관계에서 선생 같은 큰 시인을 만나기가 쉽지 않을 것이다.

오랫동안 공들여 발행해오던 시전문지 《獚의》를 50호로 종간한다는 소식을 들으니 가슴이 아프다. 더구나 49호에는 나의 졸시 「곤줄박이山雀」와 박태진의 시 「빙하」가 왕 선생의 번역으로 실렸었다.

힘들 때 선생을 떠올리면 내 입꼬리가 올라가면서 미소를 짓는다. 다른 분들에게도 그런 힘을 주는 분이라 생각한다. 에너지와 동심이 가득한 분이니까.

《獚의》는 다음 시대로 나아가는 한 시대의 징검다리 역할을 크게 하였다. 종간 후에도 그 시정신은 영원할 것이다.

'단디'가 부른 낭패

나이가 들면 영물이 된다.

농부가 노쇠한 개를 강아지로 바꾸려고 마음먹었다. 여름철이면 개장사가 마을을 매일같이 드나들며 "개 사려!"를 외치던 것이 불과 수십 년 전 농촌에서는 흔한 풍경이었다. 이 목소리가 골목길을 돌아 농부의 귀에 들렸다. 개장사가 집 앞을 지나기 전에 재바르게 신발을 고쳐 신고 개를 찾았지만 개는 해가 질 때까지 나타나지 않았다. 다음 날도, 그다음 날도. 결국 찬바람이 불고 나서야 개가 낮 동안 집을 지키더란다. 이처럼 생명 가진 것들은 나이가 들면서 천리를 스스로 깨우치는지도 모른다.

달과 한 잠
애양채현

나에게도 앞을 예측하는 버릇이 생겼다. 특히 좋지 않은 예감은 잘도 적중한다.

바로셀로나 여행에서 안경과 와이파이도시락을 잃지 않을까 염려한 적이 있다. 이날 나는 어깨가방을 여닫을 때마다 특별히 주의를 기울였다. 좁은 가방에서 선글라스나 안경, 그리고 소형 카메라 혹은 폰카메라를 수시로 필요에 따라 꺼내거나 넣곤 하였다.

사그라다 파밀리아 성당 관광을 마치고 다음 행선지로 이동하면서 가방을 열었더니 안경과 통신료를 절감하기 위해 9일 동안 빌린 와이파이도시락이 없어졌다. 분명 점심시간까지 사용했다. 이후 기억의 필름이 끊겨버린 것이다. 아무리 노력해도 기억을 복원할 수가 없었다. 빌린 기기의 변상으로 통신비는 이미 배보다 배꼽이 커지게 되었다.

그나마 다행이라면 작년 여름 일본 면세점에서 구입한 최신 카메라가 남아 있었다는 점이다. 휴대가 간편하면서도 사진의 완성도에서는 DSLR 카메라를 능가한다. 다만 호주머니에 넣기에는 볼록하고, 덩치가 작아 아무 데나 돌리다 보면 잃어버리기 십상이다. 스페인 여행에서는 생광스러웠지만 여간 신경이 쓰이지 않았다.

지난 달 어느 행사에 이 카메라를 가져갈 것인가, 말 것인가 잠시 고민한 적이 있다. 이날따라 카메라를 잃을지도 모른다는 불길한 예감이 스쳤기 때문이다. 조심에 조심을 거듭하며 단디 챙겼다. 장소를 옮길 때마다 카메라가 승용차 열쇠와 휴대폰을 잠시라도 떠나지 않게 딴에는 신경을 썼다. 마침내 마지막 뒤풀이 장소에 가려고 승용차에 안전하게 카메라를 옮기고서야 안도의 한숨을 쉴 수 있었다.

어느 주석에서나 나의 알코올알레르기 핑계는 주효하여 나에게 술을 강권하는 사람은 거의 없다. 때론 이게 서운하기도 했지만! 그런데 이날은 스텝들의 노고 덕분에 행사 뒤 쏟아진 찬사에 고무된 나는 권커니 잣거니 술을 지나치게 많이 마셨다. 대리운전자가 나타났고, 나는 조수석에 널브러진 것들을 뒷좌석으로 옮기고 조수 역할을 자청하였다.

이튿날 그렇게도 챙겼던 카메라 생각이 났다. 부랴부랴 자동차 안을 샅샅이 뒤졌건만 카메라는 보이지 않았다. 어제 저녁 조수석의 책 나부랭이와 카메라를 뒷좌석으로 옮기는 과정에서 차 밖으로 떨어졌을지도 모른다. 간밤에 내린 비로 설사 주차장에 떨어져 있어도 카메라는 이미 폐기하지 않을 수 없었다. 출근 시간 무렵 현장에 도착했지만 카메라는 보이지 않았다.

뒤에서 덮치는 범은 피해도 앞에서 다가오는 실물수는 피하기 어렵다.

스스로에게 최면을 걸었다. 열흘이 넘게 인터넷을 검색하여 시장상황을 조사했다. 잃어버린 모델의 가격이 해외 직구를 하더라도 내가 일본에서 산 가격보다 10여만 원이나 더 비쌌다. 그런데 똑같은 제품이 한국에서는 다른 모델명으로 출시되었고, 사은품 증정 등 좋은 조건에다 특정 카드사 할인 적용을 받으면 그 값이 훨씬 싸다는 것을 알았다.

일 년이 넘게 카메라에 쏟은 사랑 때문에 미련에서 벗어날 수가 없었다. 인터넷을 띄우면 화면에는 내가 눈여겨봤던 카메라의 배너가 자동으로 따라붙었다. 고민 고민하다가 일단은 저지르기로 했다. 꼭 같은 모델의 카메라냐, 다른 기종이냐를 두고 잠시 망설였지만 그래도 외장색만 다른 동일 카메라로 결정을 내렸다.

최선으로 알고 저지르지만 지나고 보면 차선에 머물렀음을 깨닫는 게 어디 이번뿐이었으랴.

오늘 은행을 다녀온 후 통장과 도장 등을 간수하기 위해 조수석 앞 서랍을 열었다.

이럴 수가!

그렇게도 찾아 헤맸던 카메라가!
새로 맞아들인 개에게 정붙이려는데 집 나갔던 개가 돌아온 꼴이다.
그날, 카메라를 도둑맞을 수도 있다면서, 내 딴에는 자동차 서랍 안에 카메라를 단디 갈무리했던 기억이 이제야 또렷하다.
아직 영물이 되기엔 나이를 한참이나 더 먹어야 하나 보다.

욜로와 카르페 디엠

　높은 자리에 있다고 '노우'를 쉽게 던질 수 있는 것은 아닌가 보다. 좀 오래전 이야기이다. 어느 대기업 회장에게 지인으로부터 자녀의 취직 부탁 2건이 들어왔다. 특별채용이었기에 회장이 직접 면접을 보았다. 출신학교는 달라도 대학 4년 동안의 전면 장학생들이었다. 영어 성적을 내세울 수 있다기에 영어로 회의를 진행할 수 있는지, 컴퓨터는 잘 다루는지 물어봤다. 기대한 답을 듣지 못한 터에 맡길 만한 보직도 뚜렷한 게 없어 회장은 이들을 비서실 요원으로 뽑았다.

　젊은이들 입장에서는 부모에게 손 벌리지 않고도 4년 동안 줄곧 앞선 성적을 유지해왔는데 회사에서 하는 일이라곤 회의 자료나 복사하고 커피나 끓여내는 일이 유쾌하지는 않았을 것이다. 6개월이 지난 어느 날 한 젊은이는 중요 기획부서에 발령을 받았다. 자료를 복사하면서 그는 회사의 기밀은 물론 중요전략을 모두 파악했기 때문이다.

연애, 결혼, 출산을 포기한 젊은이들을 한때 3포세대라 일컬었다. 요즘은 인공지능, 세계적 장기 불황, 흙수저 출신 등으로 취업, 집 마련, 인간관계, 희망 등 포기하는 바가 너무 많아 N포세대라 한다.

젊은이들 사이에서는 한 번뿐인 인생YOLO; You Only Live Once, 불투명한 미래에 현재를 저당 잡히느니 차라리 오늘 나한테 허용된 것으로 삶을 풍요롭게 하려는 풍조가 일기 시작했다. 적게 소유함으로써 그 여유를 여행이나 취미 등에 집중한다는 것이다. 이런 가치를 실천하는 젊은이들을 욜로족 또는 터데이족이라 한다.

물려받을 재산이 많은 것도 아니고, 경제적 시간적 제약에다 자기 자신만 대단하게 여기니 연애가 쉽지 않고, 바늘구멍 취업에 힘든 결혼을 하여도 출산 육아가 부담스럽고, 집이라도 마련하려면 빚더미에 앉아야 하는 게 대한민국 젊은이들

의 현실이다. 더구나 북핵 한 방이면 모든 게 수포로 돌아가
니 오로지 오늘 행복만을 생각할지도 모른다.

이들이 떠올릴 수 있는 말이 카르페 디엠Carpe Diem이다.
고대 로마의 시인 퀸투스 호라티우스의 라틴어 시의 한 구절
이다. 우리말로는 '현재를 잡아라' '오늘을 즐겨라'로 번역되
고 있다. 영화 '죽은 시인의 사회'에서 교사 키팅이 학생들에
게 이 말을 자주 외치면서 유명해진 용어이다. 대학입시와 성
공에 매달려 학창 시절의 낭만과 즐거움을 포기해야 하는 학
생들에게 키팅은 지금 이 순간이야말로 가장 확실하며, 가장
중요한 순간임을 일깨워주었다.

현재를 잡아라, 오늘을 마음껏 즐겨라 등으로 해석된다.

카르페 디엠은 욜로와 마찬가지로 우리에게 내일
은 없다로 자칫 잘못 받아들여질 수도 있다.

세상은 있는 대로 보이는가, 보는 대로 있는가.
키팅의 그 외침이 '한 번뿐인 생, 뒷일은 생각하지 마라.'는
아닐 것이다.

카르페 디엠이 오늘 하루를 놓치지 말라는 뜻은 아닐까.
오늘은 어제에 이어 내일로 끊임없이 이어갈 것이다. 오늘

은 우리가 선택하는 것이 아니라 우리에게 던져진 하루로 흘러가야 하는 시간이다. 내가 선택할 수 있는 것은 단지 무엇을 하느냐이다. 오늘이 내일 다가올 오늘과의 단절이 아니라 연장선상이기 때문에 오늘 하루가 내일을 위해서도 유용하여야 한다.

키팅의 외침은,

"오늘로 다가올 내일이 있음을 깨닫지 못하고 관습에 얽매여 오늘의 노예로 살 필요는 없다."

가 아닐까.

한 해의 끝자락에서, 하느님이 인간에게 던진 '한 번도 살아본 적이 없는 것처럼 죽어버리더라.'란 말을 되뇌면서 삶을 진지하게 해석해보아야 하리라.

해석하는 대로 내가 세상을 살 테니까.

조율의 미

조절기능이 없다면?

약간의 더위에도 우리는 오뉴월 개처럼 혓바닥을 길게 늘어뜨리고 가쁘게 숨을 들이켜야 할 것이다. 기온이 체온보다 오르면 땀을 배설함으로써 체온을 일정하게 유지하고, 또 기온이 내리면 피부는 모공조차 닫고는 체온이 신체 밖으로 빠져나가지 못하게 한다. 이 모두가 자동 조절이다.

식물 또한 마찬가지로 기온이 높고, 받아들일 수분조차 없을 때는 잎을 돌돌 말아서 노출면적을 최소로 줄임으로써 수분이 방출되는 것을 억제한다. 이런 생명체들의 자동 조절기능은 조물주가 베푸는 최고의 시혜이자 걸작이라 할 수 있다.

그럼 우리의 몸은 어떠한가. 아시다시피 몸은 모음의 준말이다.

머리부터 발끝까지 인체의 각 부분을 모두 모은 상태를 말한다. 그러나 웬만큼 배운 이라 할지라도 정작 그 '몸'이 마음까지 모았다는 사실은 지나치기가 쉽다. 그래서 누군가의 몸을 볼 때 단순히 이목구비가 뚜렷하다는 등 외모를 중심으로 판단하기가 쉽다. 현자라면 그의 육신 속에 깃든 됨됨이나 철학, 그의 미래까지 읽어낼 것이다.

인간이란 존재는 몸을 받음으로써 시작한다. 즉 인간은 신체와 마음으로 구성된다.

신체는 학습된 내용만을 기억한다고 한다. 바나나를 먹고 심한 설사를 경험한 적이 있다면 그 설사의 원인이 바나나에 있지 않음에도 다음 기회에 바나나를 먹으면 신체는 설사를 일으킬 가능성이 농후하다.

달콤했던 체험이 있다면 신체는 기억을 되살려 그때로 돌아가고 싶어 한다. '자라 보고 놀란 놈 소댕 보고 놀란다'란 속담이 생겼을 정도로 좋지 않은 기억도 좀처럼 지워지지 않는다. 심한 경우 트라우마가 되어 평생을 따라다니면서 괴롭히기도 한다.

이처럼 신체가 기억하는 언어는 과거 지향적이다. 모든 경험은 무의식에 저장되어 있다가 유사한 경우를 만나면 자신의 의지와 상관없이 반응으로 나타나 마음과 행동에 영향을 미친다. 혹자는 이런 신체적 발현현상을 신체언어라 말하기도 한다.

마음은 어떠한가. 인지와 사유, 추론을 통해 판단하며 자기 자신을 제어하는 역할을 한다. 거대문명을 유지하기 위한 규범에 충실함으로써 미래를 향해 살고 있다. 일방적 지시와 소외, 통제, 억압적 성향을 특징으로 하는데 언어를 통해 나타난다.

신체는 욕망과 충족을 위한 이드로, 마음은 양심과 절제라는 초자아로 향하기에 인간은 구조적으로 갈등에서 벗어나기 어려운 존재이다. 다행히 이성과 상식으로 이 양자를 중재하고 조율하는 역할의 자아가 있다.

인간을 특히 현존재顯存在라 일컫는다.

이 세상에 존재하는 것들은 존재자와 존재로 구분된다. 존재자는 유類나 종種에 따라 개념적인 구분이 가능하다. 시간과 공간의 변화 앞에서도 달라질 것이 없는 유·무형의 것으로 볼펜이나 용이 이에 해당된다. 반면 존재는 어떤 규정성도 넘어서며 시간과 공간 변화에 따라 그 반응은 달라진다고 볼 수 있다. 나의 집에서는 온순하게 잘 지내던 강아지를 누군가의 집에 보냈을 때 강아지는 밤 내내 울거나 불안 증세를 보일 것이다. 존재이기 때문이다. 그렇다고 이 강아지를 사람과 같은 존재로 취급할 수는 없다. 인간은 다른 존재와는 달리 그 존재성을 드러내려 하기 때문에 현존재顯存在라 일컫는 것이다.

현존재가 여타의 존재와 차별되는 큰 특징은 세계를 물리적 차원과 의미적 차원으로 조율함으로써 그 존재성을 드러내려 하는 데 있다 할 것이다.

오직 하나의 신체만으로 각기 다른 시간과 공간에 던져짐으로써 즉 대상과 역할 관계 속에서 인간은 일인다역을 소화해내지 않을 수 없다. 이때 욕망과 충족, 그리고 양심과 절제 사이에서 거중을 조율하지 못한다면 그의 자아는 분열되었다고 보아 무방할 것이다.

황교안 국무총리 후보자 임명동의안이 국회 본회의를 통과하였을 때 고등학교 시절 친구이기도 했던 이종걸 새정치민주연합 원내대표는 "총리가 돼서 국정에 얼마나 큰 방해가 될지, 얼마나 큰 재앙이 될지 두고 보겠다."고 말했다. 정치인들의 언사를 대할 때면 그들의 표현에는 조율기능이 제대로 작동하고 있는지, 아님 나의 조율기능에 이상이 있는지 혼란에 빠지곤 한다. '사랑한다'는 말 속에서 사랑의 정도를 가늠한다는 것이 무리인 줄 알면서도 말이다.

자신의 신체와 마음을 조율하는 것조차 쉽지 않다. 더구나 나와 남을 조율하기는 더 어렵다. 그럼에도 제대로 조율한다는 것은 아름다운 일임에 틀림없다.

우리가 빈손으로 왔다고?

　수의에 호주머니가 없는 것은, 빈손으로 이 세상에 왔으니 갈 때 또한 빈손이어야 한다는 하늘의 준엄한 뜻을 깨우치려는 조상들의 지혜이다.

　정말 빈손으로 왔을까?

　우린 가죽부대 하나씩 들고 오지 않았던가.

　그것은 애초엔 1관이 들어가기에도 버거운 작은 부대였다. 그런데 신기하게 세월 따라 그 성능은 진화를 거듭한다. 초등학교 때면 10관도 더 들어갈 정도로 부풀어진다. 성인이 되면 100근 심지어는 150근도 너끈하게 담을 수 있다.

어디 이뿐이랴.

태평양보다 넓은 지식과 히말라야 산보다 높은 교양까지 담을 수 있다.

또 이 가죽 부대에 담을 수 없는 재물을 위해서는 등기라는 외장기능까지 갖추고 있다.

오늘날 메모리를 컴퓨터 밖에까지 저장하는 외장 하드의 원천 기술이 바로 여기에서 힌트를 얻어 탄생한 것은 아닐까.

몇 달 전에는 세상 사람들의 찬사와 부러움을 한몸에 받았던 노 정객이 유명을 달리하였다. 한국 근현대사의 질곡을 헤쳐 나오면서 어찌 세상이 그의 입맛에만 맞도록 흘러 왔겠는가. 시대 변화가, 때로는 믿었던 사람들이 그의 뜻을 가로막았지만 그때마다 그는 특유의 사자성어로 세상인심을 에둘러 표현해온 그야말로 부도옹不倒翁이었다. 정치적 신념에 따라 호불호가 달라지겠지만, 자신의 뜻을 펼칠 수 있는 그의 세상이 도래하지 못하였음을 많은 사람들이 참으로 애석하게 생각하기도 했다.

그는 권력과 명예에 더하여 가진 게 많았다. 권력에 의한 부정축재로 내몰리기도 했다. 한 나라를 경영하는 노하우를 가졌으니 대수롭지 않은 농지나 산지가 그의 손을 거치면 금싸라기가 되곤 했다. 기업인 못지않은 혜안과 신념, 용기가 오늘의 부를 이루었다고 좋게 해석하고 싶다.

그가 누린 부귀와 영화가 전생에서 쌓은 공덕 덕분이든, 현세에서의 노력 때문이든 저승길에서는 모든 것을 내려놓아야 했다. 그가 즐겨 구사하던 사자성어의 수사가 아니었다.

그 성능 좋았던 가죽부대마저 내려놓고 떠나야 한다는 것을 몸소 보여 주었다.

이 세상에서 얻은 것은 모두 반납하고 떠나야 하는 것이 이 땅에서 생명을 유지했던 삶의 피할 수 없는 경로이다. 재물이 그러하고, 하늘을 찌를 듯한 권력이며, 명예, 우정, 사랑, 가족 등 어느 하나 털끝만큼도 저세상에 가져갈 수 있는 것은 없다.

세상 이치가 그러함에도 우리는 그 가죽부대를 채우지 못해 안달하며 집착하는 삶을 살고 있다. 내 손으로 이 부대에 든 재물, 지혜와 지식을 이 사회에 반납할 수 있다면 좋으련만 결코 만만한 일이 아니다.

저세상에 들어설 때 양손 가득 채워갈 수 있는 것이 있다면 그것은 현세에서 쌓은 공덕뿐이리라.

아옹다옹 퍼 담아도 결국은 다 내려놓아야 하는 것을 두 눈으로 똑똑히 보건만 아직 채움에 목말라하는 나는 누구인가.

해오름달 첫날에

　정동진으로 일출을 보러 간 적이 있다.

　밤을 꼬박 달려 도착한 백사장엔 많은 인파들이 추위에 떨면서 일출을 간절히 기다리고 있었다. 해무에 휩싸인 새해 첫 태양은 수평선으로부터 한두 발이나 높이 솟아서야 그 모습을 드러냈다. 태양은 산비알에 조개껍데기처럼 엎드린 화전민의 누추한 집에 먼저 햇살을 부려 놓았다.

　또 한 해가 바뀐다.

　지난해 마지막 태양이나, 해오름달의 첫 태양이 뜨고 지는 공간 변화는 육안으로 식별할 수 없다. 그 시간의 간격 또한 10초 전후이다. 내일의 태양도, 매듭달 마지막 혹은 오늘 새해 첫날의 태양과 다른 점을 찾기는 어렵다. 그럼에도 해오름달 첫 해를 맞으려고 동해로, 높은 산꼭대기로 여느 해처럼 사람들의 발길이 이어진다.

한 해, 한 달, 한 주, 하루 등으로 시간의 매듭을 짓는다.

왜? 어제와 오늘이 다르지 않은, 어제 같은 오늘이 반복되지 않은 적이 없다. 시간은 영속되는 선상에서 흘러가고 있다. 굳이 마디를 지으려는 것은 그 매듭 속에 감추어진 변화의 씨앗 때문이리라.

라뇨Jule Lagneau: 1851-1894의 말을 빌자면 시간은 '내 무력함의 형식'이다. 새로움을 찾아 나서려 하지만 시간이동은 우리의 능력 밖이다. 익숙함으로부터 벗어나고 싶다. 시간의 마디에 주목한다. 지구상에서는 인간만이 시간을 구분하고 달력을 사용한다. 화석처럼 굳어버린 반복의 쳇바퀴 속에서 새로움을 찾으려는 노력이다. 그 마디에는 설렘이 있다.

해오름달 첫날에 걸었던 기대와 설렘, 그 빛이 바래지 않고 나날이 새롭기를 기대한다.

디지털 문맹자

삼성 갤럭시 노트8 주인 말 무시!

문학기행 출발 시간에 늦지 않도록 알람을 06시 30분으로 맞추어 두었다. 긴장해서인지 6시 무렵 눈이 뜨였다. 알람이 울리기를 기다리면서 30여 분의 휴식이 주는 늑장을 즐겼다.

아차! 정신을 차렸을 때는 반 시간이 더 지난 뒤였다. 몇 주 전, 알람 시간보다 내가 먼저 일어난 적이 있다. 그때도 알람 소리를 듣지 못했다.

먼저 출발한 버스를 택시로 뒤따라 잡았다. 회원들에게 스마트폰이 토요일 휴무로 알람을 울려주지 않아 지각하게 되었다고 변명을 했다.

"공휴일 특근 명령을 내리지 않으셨군요."

"……!"

그렇다. 스마트폰은 나보다 한 수 더 지능화되어 있다. 언제까지, 요일별로 그 시간의 알람이 유효한지, 또 공휴일에도 울릴 것인지를 물으려 했었다. 그런데 아날로그 세대인 나의 기준에서 필요한 시간만 설정해놓으면 되는 줄 알았다. 몇 분 간격으로, 어떤 음악으로 깨울 것인지 등 구체적인 선택을 하지 않으면, 시스템이 자동으로 미리 정해놓은 디폴트값으로 선택된다는 사실을 몰랐던 것이다.

아는 만큼 보인다고 했던가. AI인공지능의 일종인 스마트폰보다 구체성이 떨어지는 내가 그 질문에 끝까지 마음 두지 않은 탓이다.

스마트 기기의 클릭에 의존하다 보니 기억력이나 계산능력이 현저히 떨어지는 젊은 디지털 세대들의 뇌활동을 두고 디지털 치매라 한다.

반면에 노년층의 아날로그 세대는 원하는 데이터가 눈에 띄면 더 이상 클릭을 하지 않고 바로 확인을 누른다. 자신감과는 달리 사실은 디지털 기기를 제대로 사용하지 못하는 나 같은 이들을 디지털 문맹자라 한다.

똑똑한 관리자 AI에게 낭패 당할 수 있는 세상이다.

세상엔 정답만 있는 게 아니다

"대나무는 왜 속이 비어 있지요?"

이 질문을 받고 당황했던 적이 있다. 시간을 거슬러 생물 시간으로 돌아가 보았지만 뾰족한 생각이 날 리 만무하다. 질문 앞에만 서면, 질문자가 요구하는 정답에서 얼마나 비껴가게 되는지 내심 초조해지게 된다. '정답 찾기'에 치중했던 학교 교육의 탓으로 돌리기엔 부아가 치민다. 정답을 말하지 못한다 하여 주눅 들 일이 아님에도 질문형으로 말을 걸어오는 사람에게는 선뜻 마음을 열지 못한다.

이 질문이 대나무통밥집 식탁에서 나왔고, 마침 옆을 지나던 식당 주인이 "우리 같은 사람 밥장사하라고 속이 비었

겠지요."라고 한마디 거들었다. 순간 일행 중 교직자 한 분이 "아하, 너무 빨리 자라느라 속을 채울 여가가 없었네." 하면서 무릎을 탁 쳤다.

문제를 해결하는 방법 중 하나는 정답 찾기이다.

사지선다형에서처럼 그 정답은 오로지 하나뿐이다. 다른 한 가지 방법은 해법 찾기이다. 다양한 해석에 근거했기 때문에 해법은 여러 가지가 될 수 있다. 전자가 학문적 혹은 과학적 접근방법이라면 후자는 문학적 혹은 해석적 접근방법이라 하겠다.

청淸나라 때 평론가 오교吳喬는 『위로시화圍爐詩話』에서 문학의 소재와 표현의 관계를 설명하면서, '한 가지 소재요 본질인 쌀이 그 실체의 형상을 유지한 채 가공된 밥이 수필이라면 그 본질만 유지한 채 변화와 굴절의 소산이 된 술을 시'라 했다.

시와 수필은 추구하는 소재가 다르지 않다. 비유와 상징, 암시 등 표현 방법에서도 궤를 같이하고 있다. 하지만 시적 정서가 보다 더 심미적이라는 점을 인정하더라도 시가 수필보다 더 우위라고 단언할 수는 없다. 술이 밥보다 빚기가 어렵다 하더라도, 더 좋은 것이라고는 말할 수 없듯이 말이다.

누부서 세상엔 정답만 있는 게 아니다

오교식 표현에 따르자면 문제해결에서 학문적 접근방법은 밥이요, 문학적 접근방법은 술이라 하겠다. 학문적 접근방법에서는 제기된 문제가 답으로 이어지니 오늘날 입시에서 논술이 여기에 해당될 것이다. 문학적 접근방법에서는 제기된 문제가 비유와 상징을 통하여 전혀 다른 모습으로 나타나게 된다. 소위 발상의 전환이 요구되는 것이다.

한때 침대는 과학이라는 말이 인구에 회자된 적이 있다. 과학적 지식이 총동원된 결과물로서 신선하게 들렸다. 말도 진화를 한다. 요즘 아이들은 '침대는 곤충이다.'라고 말한다. 왜냐? 잠자리이니까.

다양성의 시대, 각기 다른 환경에서 삶의 모습 또한 다르니만큼 백인백색의 해법이 존재한다. 그리고 해법은 의미를 구성하는 데서부터 나온다.

앞에서 대나무가 갑자기 키를 키우느라 속을 채울 여가가 없었다는 말에서 우리는 조기교육으로 치닫고 있는 오늘의 사회현실에 대해 많은 생각을 해보지 않을 수 없다.

여성들의 화장에서, 어떻게 하면 얼굴에 화장이 잘 받을

까? 피부과 의사나 미용사와 상담을 하면 가장 빠르고 정확한 답을 구할 수 있다. 잠을 충분히 자고, 영양분을 골고루 섭취하고, 자외선 강한 실외에 나가지 않아야 한다고 할 것이다. 이는 학문적 접근방법이다. 그러나 문학적으로 접근하면 사랑이다. 사랑받는 여인은 화장기운을 잘 받을뿐더러 구태여 화장이 필요 없다.

세상에는, 삶 속에는 정답만 있는 게 아니라 해법도 있다.

답은 언제나 누구에게나 동일하다. 하지만 해법은 사람에 따라, 경우에 따라 다를 수 있다. 해법에 따라 의미는 달라지고, 삶의 방법이나 결과도 달라질 것이다.

'지금 여기'에서 가장 신선하고 유연하며 유용한 것이 해법이다. 나와 다른 해법이라 할지라도 그 다름을 인정하고 받아들이는 것이야말로 현대를 살아가는 지혜이자 남과 더불어 행복에 이르는 지름길인 것이다. 인문학이나 문학 강좌가 지속적인 열풍을 일으키는 것은 보다 다양한 해법을 찾으려는 사람들의 욕구가 높아졌기 때문이다.

해법을 찾는 데 도움을 주는 것이 문학 서적을 읽고, 또 이를 바탕으로 글을 쓰는 것이다. 이 가을, 독서를 통하여 사유의 지평을 넓히고 보다 유용한 해법의 세계에 이르기를 소망해 본다.

AI : 파트너인가, 라이벌인가

    AI인공지능가 중·고등학교 수준의 국어문제 3,800여 개를 약 10분 만에 풀고, 100점 만점에 94점 이상을 획득한 것으로 알려졌다. 개발자의 프로그래밍 정도에 따라 시간 단축은 물론 더 나은 점수도 기대할 수 있다.

    우리는 제4차 산업혁명 시대를 살고 있다.

    지난 세 차례의 산업혁명이 우리 인간의 육체노동을 대신 하면서 실제 공간에서, 사람과 사람 사이에서 기술과 정보의 교환이 이루어져 왔다. 반면에 제4차 산업혁명은 인공지능을 이용하여 인간의 지적능력까지 대행하면서 사람과 사물, 사물과 사물 간의 초연결, 초지능을 특색으로 현실공간은 물론 가상현실과 증강현실을 포함한다.

　인공지능이 인간을 능가하는 초능력을 발휘할 수 있는 것은 무한의 빅 데이터를 정보로 가공하는 뛰어난 연산능력과 학습능력 때문이다. 고양이와 강아지를 구분하지 못하던 인공지능에게 수차례 유튜브 영상을 보여주었더니 마침내 이 둘을 구분하였다 한다. 알파고가 수많은 경우의 수를 신속히 가공하여 바둑계의 강자로 등극한 것 역시 연산 능력과 학습 능력의 승리이다.

　우리는 부지불식간에 수많은 데이터를 생산하고 있다. 삶 그 자체가 경험이자 빅 데이터인 것이다. 한 사람의 연보만 작성해주면 인공지능이 자서전도 대필해줄 수 있는 세상이 되었다. 제4차 산업혁명 시대의 특징은 인공지능의 초지능을 이용하여 무엇이든 취사선택, 연결하여 정보나 지식을 창출할 수 있다는 점이다. 물론 유효하지 않은 데이터는 버린다.

　글쓰기 또한 데이터 즉 화소를 연결하는 일이다.

　자신이 생산한 경험이나 지혜를 이 세상에 존재하는 빅 데이터와 결합하여 서로 조합함으로써 어떤 정보나 지식 체계를 만드는 스토리를 구성한다. 고도의 연결 기술이다.

그럼 글쓰기에서는 연결할 때 어떤 점에 유의하여야 할까?

삶이 실리를 추구한다면 글쓰기는 의미 구성을 위한 주제의 창출일 것이다. 글을 쓰기 전부터 의도하는 바에 가장 적확하게 필요한 데이터끼리 연결하여 반전을 도모하여야 한다.

예를 들어 성공success의 각 영문 스펠링을 염두에 두고 연결하여 작품을 구성해 보자.

세상을 낯설거나 익숙하지 않은strange 사실로 읽고, 뜻밖의unexpected 생각으로 관심을 끌어들여 구체적이고concrete 신뢰할 수 있게credible 구성함으로써 독자들이 믿고 이해하여 오래 기억에 남길 수 있도록 감정이입을 도모하는empathy 이야기storytelling 체로 복잡하지 않게simple 구성하여야 한다.

이런 구성 원리에 맞추어 글을 쓴다면 AI가 고도의 연산 능력으로 사람을 능가할 수도 있으리라. 그러나 인공지능으로서는 따라할 수 없는 것이 사람과 사람 사이의 경험일 것이다.

스티브 세슨Steve Sasson은 코닥의 기술자이다. 필름이 무엇이냐는 질문에 어린이들도 이해할 수 있도록 '세상을 담는 그릇'이라고 답하였다. 후일 그는 그릇을 필름에서 파일로 대체함으로써 디지털 카메라를 착상하게 되었다.

아내의 생일선물을 준비하지 못한 남편이 출근길에 말했다. "여보, 미안하오. 백만 원이오. 저녁에 봅시다." 봉투 속 충무공(100원 주화)과 세종대왕(지폐), 일만 백 원이 백만 원으로 해석의 여지를 만들어 아침의 썰렁함을 물리쳤다.

문학적 글쓰기는 정답이 아니라 해법 또는 명답이어야 한다. 말이 안 되지만 말이 되게 하는 기지는 실재보다 더 실제적이며 지친 삶에 생기를 불어 넣는다.

삶은 달걀에서는 'Life is an egg.'로 낯설게 읽음으로써 비가시적인 삶의 이치를 가시적인 계란에서 유추한다. '남이 깨면 프라이, 스스로 깨면 생명' 혹은 껍질을 깨야 한다는 의미에서 '환골탈태'의 이치를 끌어올 수도 있다.

우리 삶 속에는 지식을 통한 설명보다 더 효과적인 묘사가 널려 있음에 유의할 필요가 있다. 예컨대, '어느 날 냉동실에서 할아버지의 팬티가 나왔다.'고 묘사하는 편이 치매에 대한 적확한 설명보다는 인간적이자 감성에 호소하게 된다.

오늘날 제4차 산업혁명 시대의 특징이나 글쓰기의 특징이 모두 지식을 초월하며, 어떠한 것과도 연결하려는 공통된 키워드에서 출발한다.

글쓰기에서 사람이 인공지능을 능가할 수 있는 분야는 아무래도 감정이입일 것이다. 인공지능도 학습을 통해 진화할 수 있다고 하니 이 또한 마냥 마음을 놓을 수는 없다.

AI는 파트너인가, 라이벌인가?

전자
책의 뛰어난 기능에도
불구하고 종이책과의 병행
발행은 불가피하다. 인류가 오랜
세월 이어온 문명과 정보의 전달
에서 종이책을 대체할 어떤
방법도 현재로선 찾을 수
없다.

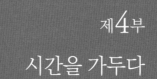

제4부

시간을 가두다

후문학파와 아라한

유아용이나 아동용 책을 제외한 문학 또는 글쓰기 마당에서 독자 서비스는 찾아보기 어렵다. 체육이나 다른 예술 분야의 팬 서비스에 비하면 거의 없다고 해도 과언이 아니다. 출판물이 독자층의 경계를 분명하게 구분 짓기 어려운 점 때문일 것이다. 수년 전부터 큰 활자 책이 어르신들을 겨냥하여 나오고 있는 것은 독서시장의 반영이라 하겠다.

베스트셀러의 기준으로 3T, 즉 Target독자대상, Theme주제, Timing시의성을 든다. 글을 쓸 때 독자 대상을 미리 염두에 둔다면 글쓰기의 흐름이 분명 시의적절한 주제에서 벗어나지 않을 것이다.

최근 문학인구의 저변이 크게 늘어났다. 독자보다 작가가 더 많다고들 말하기도 한다. 노동으로부터 벗어난 삶의 여유와 많은 문학교실이 시인이나 수필가, 소설가 들의 양산에 기여하였다.

치열한 생업에서 은퇴한 오륙십대 또는 육칠십대의 늦깎이 작가이자 독자인 프로슈머들이다. 삶의 내공을 문학으로 연결한 그들의 활동이 두드러져 이들 작가군이 후문학파로 불리고 있다.

의욕적으로 글판에 뛰어들었지만 막상 쉬운 일은 아니다. 무엇을 쓸까에 매달린다. '나의 글에 대하여 남이 어떻게 볼까'에 생각이 미치면 나의 생각이 아니라 남의 생각을 떠올릴 수밖에 없다.

'무엇을 쓸까'
보다
'누구에게 읽힐 글을 쓸까'

가 더 중요한 연유이다. 독자가 듣고 싶어 하는 주제나 내용이어야 한다.

출판시장과 독자, 그중에서도 어르신 독자와 독서시장의 관계에 대하여 살펴본다.

청소년이나 젊은이들은 스마트폰에 의존하는 경향이 크고, 중년 이후의 어르신들이 독자층의 많은 부분을 차지한다. 시간과 돈을 투자하지 못해 책 읽기에 소홀했다고 여기는 연령층이다. 이제 시간과 돈에 구애받지 않을 때가 되었다. 무엇을 읽을까. 야심에 불을 당기는 인생론이 귀에 들어올까. 이 나이에 듣고 싶은 이야기가 있기나 할까. 오히려 들려주고 싶은 이야기들로 차고 넘치지는 않을까. 저마다 살아오면서 겪은 삶에서의 시행착오와 희로애락은 어떤 인생 지침보다 값진 깨달음이었으리라.

책을 쓰는 이도, 읽는 이도 어르신들이다.

일본 독서계에 '아라한'이란 말이 등장하였다. 100세 언저리란 Around Hundred아라운도 한도라도의 일본식 조어이다.

판매부수 100만 부에 육박하거나 그 이상인 베스트셀러 저자들을 일컫는다.

시바타 도요柴田卜ㅋ; 1911~2013 여사가 자신의 장례비로 마련해둔 100만 엔으로 자비출판한 『약해지지 마』가 150만 부 이상 팔린 것을 비롯하여 시노다 도코篠田桃紅 여사의 『103세가 돼 알게 된 것』, 사사모토 쓰네코笹本恒子 여사의 『호기심 소녀, 지금 101세』, 시노다篠田桃紅 미술가의 『100세의 힘』 등에서 보여주는 아라한 할머니 작가들의 저작물들이 인기작

가 무라카미 하루키를 제치고 베스트셀러 반열에 오른 것이 어제오늘의 일이 아니다. 이런 추세가 언제까지 계속될 것인지는 아무도 장담할 수 없다.

이들 저작물이 밀리언셀러가 된 게 문학성이 높아서만은 아닐 것이다.

독자들을 가르치려 들지 않고 겸허한 자세로, 한 생을 살아온 독자들과 함께 자기위안과 자존감 회복의 공감대 형성 때문일 것이다.

산업구조나 노령화 등의 공통점을 가진 우리나라에서도 이미 이러한 현상이 나타나고 있다. 후문학파의 왕성한 활동과 높은 독서시장 점유율을 감안하면 일본의 아라한을 능가하는 작가와 작품들이 독서계를 강타할 날이 머지않을 것으로 기대된다.

독자들이 단순히 위로와 칭찬에만 귀 기울이는 것은 아니다. 밀리언셀러가 되기 위해서 작가는 독자의 생각을 어떻게 읽고 서비스할 것인지 고민을 거듭할 필요가 있다.

뉴북서 후문학파와 아라한

맛난 만남의 광장

　인간은 지혜와 경험을 서로 공유하고, 이를 보다 높은 차원으로 발전시켜 다음 세대로 이어간다. 이를 가장 잘 뒷받침하고 과학적으로 실현해나가는 곳이 도서관이라고 할 수 있다.

　요즘 교직을 은퇴한 김 여사의 생활은 설렘 그 자체이다.

　그녀의 학생 시절만 해도 도서관에서 가장 넓은 공간을 차지하는 곳 중 하나가 열람실이었다. 열람석을 차지하기 위하여 이른 시간부터 줄을 서거나 좌석 배정표를 받았던 기억이 새롭다. 도서카드가 든 서랍을 열어서 필요한 책을 선정하면 사서직원이 뽑아 창구에서 대출해주는 폐가식 운영이었다. 오늘날 열람자들이 컴퓨터로 책을 검색하고 서가를 마음껏 드나들면서 책을 찾아 읽거나 대출하는 개가식 제도와는 격세지감이다.

김 여사는 한꺼번에 5~10권의 책을 2주 정도나 대출받을 수도 있지만 차를 가져오지 않는 날은 한두 권 정도만 빌린다. 친구를 만나러 갔던 이웃 도서관에서 반납한 적도 있다. 가끔은 아들이 도서관 일과 후 시간이지만 귀갓길에 반납하기도 한다. 장애인들에게는 택배서비스까지! 서울 딸네 집에 오래 머물 때는 대구 도서관 대출증으로 인근 도서관에서 책을 빌린다. 책 중심이 아니라 이용자 중심으로 발전한 것이 김 여사에게는 참 신비하다.

도서관의 변신은 이뿐만이 아니다.

오늘날을 공유경제의 시대라 한다. 많은 장서를 일일이 개인이 구매하여 큰 서재를 운영할 필요가 없다. 며칠 전에는 대구시장과 장관을 역임한 범사 이상희 선생이 손수 수집하여 소장하고 있던 전문 분야 도서와 귀중 도서 72,200여 권을 대구광역시립 두류도서관에 기증하였다.

특별히 장서가를 꿈꾸지 않고, 책을 이용하려는 사람은 컴퓨터로 원하는 도서를 검색하고 도서관 서가로 달려가면 된다. 또 전자도서관을 이용하면 스마트폰이나 태블릿에서 바로 대출하여 읽을 수도 있다.

최근 김 여사에게 책읽기 프로그램 비서가 생겼다. 원하는 분야의 지식이나 책에 대한 정보를 구체적으로 제공해주는 전문 사서의 활용이다. 논문을 쓰려는 사람들조차도 자료검색만 하지 사서에게 도움을 요청하는 이들이 거의 없단다.

그녀에게 도서관은 훌륭한 문화사랑방이다.

또 하나 큰 즐거움은 지난날 학교에서 비교적 소홀하게 다루어졌던 인문학 분야의 강의를 마음껏 듣고 있다. 검증된 강사진이 펼치는 이 프로그램은 매우 수준이 높다. 삶의 질을 제고할 수 있는 교육활동에 참여하는 즐거움은 물론 많은 사람들과 의견을 나누기도 한다. 때로는 도서관에서 진행되는 DVD나 영화를 감상하고 토론을 한다.

오늘날 제4차 산업혁명 시대는 사람과 사람, 사람과 사물, 사물과 사물 등 초연결과 초지능을 특징으로 한다. 도서관이야말로 가장 능동적으로 발 빠르게 적응하고 있는 4차 산업혁명의 현장이란 생각이 든다.

도서관에서 어린이나 학생, 젊은이들을 만나면 그 에너

지로 가슴이 뛴다. 삶의 경험과 지혜, 때로는 자기 치유를
위한 위안까지 보여주는 걸어 다니는 책들을 만나는 기쁨
또한 크다.

　김 여사는 오늘도 그 행렬에 발을 들여놓는다, 설렘 가득히.

책, 무한 변신 앞에서

시계나 카메라의 기능을 겸하는 스마트폰이 어떤 책보다 더 편리한 전자책의 일종이라는 사실을 아는 이는 많지 않다. 최근 출판 시장에서의 새로운 문물의 등장을 눈여겨본다.

19세기 초 증기기관이 발명되자 성능 좋은 기계에게 일감을 빼앗긴 수공업자들과 숙련공들이 기계를 파괴하는 데 가세한 적이 있다. 그래도 도도한 산업화의 물결은 막지 못했다. 새로운 변화에 저항하는 러다이트 운동은 지금도 요소요소에서 끊이지 않으나 시대적 대세를 거스를 수는 없다.

E-book전자책이 편의성과 경제성을 두루 갖추었다고 하

더라도, 종이책에 익숙한 출판인이나 문인들에게는 마냥 달 갑지가 않다. 적응에 앞서서 불편과 불안을 떨쳐버릴 수 없 기 때문이다. 올드 세대들은 신문을 보지 않으면 하루 생활 을 마감하기가 찜찜하지만, 젊은이들은 웹이나 앱 뉴스만으 로도 불편을 느끼지 않는다. 책 역시 활용이나 선호도에서 신·구세대 간의 경계가 명확하다.

나이 든 세대들은 젊은 시절 읽을거리를 잔뜩 챙겨서 휴가 를 떠났다. 요즘 젊은이들은 스마트폰이나 태블릿만 들고 떠 난다. 그렇게 하더라도 천 권 정도는 거뜬히 휴대할 수 있다. 또 휴가지에서 E-book을 구매하거나 대여할 때 지체 없이 사용할 수 있다는 점은 종이책이 넘볼 수 없는 이북의 장점이 다. 이북은 한 권을 구입하면 하나의 아이디로 컴퓨터나 노트 북, 스마트폰 등 다섯 가족이 동시에 사용할 수 있는 이점도 있다.

제작비용에 있어서도 종이책은 엄청난 초기비용이 들어간 다. 매출이 부진하면 재고 부담으로 도산의 위기까지 내몰린 다. 그러나 이북은 텍스트를 PDF 파일이나 e-Pub 텍스트로 간편하게 변환시키기 때문에 큰 비용 부담 없이 출판시장에 제품을 내어놓을 수 있고, 재고 부담이 없어 일인출판이 늘어나고 있는 추세이다.

이북용 앱은 대부분 음성으로 읽어주는 기능을 탑재하고 있어 청각장애인들에게는 물론 정상인들에게조차 편리하다.

그렇다고 이북이 만능의 장점만을 갖춘 것은 아니다. 종이책은 보관만 잘 된다면 수천 년의 세월이 흘러도 읽힐 수 있다. 하지만 오늘날 녹음테이프를 재생하기가 쉽지 않듯이, 이북은 전자기기의 발달과 함께 그 생명이 유한할 수밖에 없다.

텔레비전이 등장하자 많은 사람들이 라디오의 장래를 염려하였으며, 머잖아 극장이 문을 닫을 것으로 예견하기도 했다. 라디오나 극장 종사자들에겐 텔레비전이, 신문 종사자들에게는 인터넷이나 스마트폰의 등장이 분명 위협적이었다. 그럼에도 라디오는 라디오대로, 신문 잡지 극장은 또 그 나름으로 발전을 거듭하고 있다.

다른 사람들과의 공유성, 간편한 휴대와 이동성이 책의 장점으로 떠오른다. 스마트폰은 이 같은 책의 장점을 고스란히 이어받았다. 이북과 종이책 역시 난형난제로서 서로 넘볼 수 없는 장점을 앞세워 나란하게 상생을 도모해 갈 것이다.

스마트폰을 매개로 한 디지털자료들은 전달과 배포의 완벽성에도 불구하고 기술변화에 따라 언젠가 사용이 불가능해지고, 예측불허의 재앙이 닥친다면 거의 복구가 불가능하다. 인류가 수많은 세월 동안 이어온 문명과 정보의 전달이 일시에 단절될 위기를 피하기 위해서라도 종이책의 발행과 보존은 필수적이다.

E-book, 그 파고를 지켜볼 뿐이다.

독서시장에 눈을 돌리자

세상을 변화시키는 동력은 시장에서 나온다.

시장을 쟁탈하기 위하여 기업은 기업대로, 국가는 국가대로 총성만 울리지 않을 뿐 수면 위아래를 구분하지 않고 도처에서 전쟁이 치열하게 벌어지고 있다. 문학시장이나 출판시장 상황은 어떠할까?

교보문고 베스트셀러 상위 20위권 도서를 살펴보니 에세이류 4종, 코로나 상황을 포함한 경제경영 관련 4종, 국내 소설 3종 등이었다. 뒤를 잇고 있는 자기계발류나 인문학 분야, 심지어는 경제경영 분야도 넓은 의미로 보면 에세이류에 근

접한다.

　순위를 더 확대한다면 인생론이나 실용, 건강 분야까지 에세이의 범주에 속한다. 이름이 널리 알려진 소설가가 에세이집을 냈다. 외도하는 것 아니냐고 슬쩍 꼬집었더니 그는 글로 먹고살아야 하는데 베스트셀러의 가능성이 수필 쪽이 높다고 한다. 또 수필 쪽에서 인지도를 올려 소설가로서의 평판도 굳게 다져 두 마리의 토끼를 잡겠다는 전략을 숨기지 않았다.

　수필이나 에세이를 한 가족으로 보고 이야기해보자. 기원으로 잡는 홍매의 『용재수필容齋隨筆』에서 수필이나, 몽테뉴의 『les Essais』와 베이컨의 『The Essays』에서의 에세이도 문학과 비문학에 걸쳐 있다고 볼 수 있다. 문학성을 갖추지 않은 글은 잡문 정도로 취급하는 등 수필은 한국에서 발전해오고 있는 고유한 문학양식임을 부정할 수는 없다. 또한 수필가들이 즐겨 정의를 내리면서도 문학수필을 쓰는 게 쉽지 않은 현실이다.

　서점가에서는 문학과 관련한 '소설' 카테고리와 비소설로 '시/에세이' 카테고리로 분류하고 있다. 시가 아니면 에세이로 분류한다는 뜻이다.

산문 부문에서 소설이나 동화 평론은 분가하였으나 수필은 분가하지 못하였다. 백일장 등에서 산문이 곧 수필, 수필이 곧 산문이란 등식이 통용되고 있는 이유이다. 형식의 무한 자유는 한국 수필문단 밖에서 오히려 문학과 비문학의 경계를 넘나들면서 크게 꽃피우고 있음을 자주 본다.

멀티미디어의 영향으로 웹툰이나 사진이 대거 수반되고, 출판환경 변화로 시처럼 행갈이를 하거나 행 비우기 등 가독성을 높이기 위한 과감한 노력도 보인다. 문장 구성이 정통적 수필에서는 받아들여지지 않던 모습이다.

그럼에도 독서시장에서는 독자들의 좋은 반응을 불러오고 있다. 앞서 소설과 시의 영역에 속하지 않는 출판물 또한 수필의 영역으로 고개를 내밀고 있어 제도권 정통 수필가들이 내외적으로 큰 도전에 직면하고 있다.

오늘날 독서시장 풍경이 성악가와 가수로 구분하는 음악 무대 같다고나 할까.

수필가들도 독서시장, 출판시장 변화를 눈여겨보았으면 한다.

책의 변신을 지켜보며

시계나 카메라의 기능을 겸하는 스마트폰은 훌륭한 전자
책의 일종이다.

팰턴J. Pelton은 인류의 역사를 단 한 달로 축소하였다. 29일
22시간 30분이 유목민으로서 자연환경에 의존하여 살았던
시간이고, 30일 중 마지막 4분 정도가 르네상스 이후 현대국
가로의 발전이 이루어진 시간이며, 이 중 12초만이 현 컴퓨
터시대와 우주탐사를 시도한 시대라 하였다.

책의 역사를 10분 정도로 줄잡아도 스마트폰의 등장은 1
초도 되지 않는 순간이다. 그 1초가 10분을 대체하려 한다.
책의 장점을 아우르거나 능가하기 때문일 것이다.

재판을 거듭하거나, 다른 언어로의 번역 출판이 가능하다는 점에서 책은 시·공간적으로 메시지의 전달범위가 가장 넓은 매체이다. 시간과 지면의 제약을 받는 방송이나 신문과 달리 충분한 조사와 연구를 통해 책은 전문적인 내용을 완벽하게 담을 수 있다.

또한 기존체제에서는 수용되지 못하는 진보적 사상까지 담아낼 수 있어 한때 금서였던『군주론』『데카메론』『에밀』등이 오늘날 고전으로 인정받고 있다.

언제 어디서든 다시 볼 수 있다는 점, 그리고 다른 사람들과의 공유성, 간편한 휴대와 이동성이 큰 장점으로 떠오른다.

스마트폰은 이 같은 책의 장점을 고스란히 이어받았다. 더구나 책의 구매나 대출 시 스마트폰의 경우 클릭과 동시에 이루어지는 신속성은 종이책이 도저히 따라갈 수 없다.

무수한 기념비와 수많은 나라들이 지구상에서 사라졌으며, 융성했던 문명 위에는 또 다른 문명이 세워졌다. 영원한 것은 일찍이 없었다. 그러나 책의 세계만큼은 집필 당시의 신선함을 견지한 채 몇 세기의 세월을 뛰어넘어 저자의 생각이 아직도 유효함을 전한다.

에스카르피는『책의 혁명』에서 인류가 굶주림과 대항하여

얻어낸 승리의 상징이 빵이라면 책은 무지와 예속에 대항해서 차지한 승리라 했다. 미디어 발달에 따라 지식과 정보가 넘쳐나고, 민주주의의 꽃이 만발하더라도 인류사회가 지속되는 한 무지와 예속은 결코 끝나지 않기에 책의 승리 행진은 이어질 것이다.

스마트폰을 비롯한 전자책의 디지털 자료들은 기술변화에 따라 언젠가 사용이 불가능해지고, 예측불허의 재앙이 닥친다면 거의 복구가 불가능하다.

전자책의 뛰어난 기능에도 불구하고 종이책과의 병행 발행은 불가피하다. 인류가 오랜 세월 이어온 문명과 정보의 전달에서 종이책을 대체할 어떤 방법도 현재로선 찾을 수 없다.

영원을 꿈꾸는 도서관

    도서관 하면 책을 떠올리고, 책 하면 도서관을 연상해왔다. 이제 웬만한 지식은 인터넷이나 손바닥 안의 스마트폰에서 검색이 이루어지는 시대를 살고 있다. 검색과 휴대성, 편의성 등으로 이북과 또 하나의 이북인 스마트폰의 성장세가 가파르게 이어지고 있다. 이런 확장성이 종이책과 도서관의 존립을 흔들 것 같았지만 상황은 정반대이다.

    대부분의 이북을 무용지물로 만들면서 미디어 기술이 앞서 가버릴 수도 있다는 점에서 불안감을 지울 수는 없다. 만일의 경우 재난이라도 닥치면 이북에는 속수무책 접근조차 허용되지 않는다.

1970년 사해 근처 고대 회당의 성궤聖櫃에서 불에 탄 양피지 문서가 숯덩이로 발견되었다. 45년 동안 금고 속에서 잠들어 있던 산산조각의 이 파편들이 최근 3D 스캔을 통하여 히브리어 성경의 레위기라는 사실이 판독되었다. 종이책의 소중함과 영원성을 생각해볼 수 있는 대목이다.

책과 열람대로 가득했던 도서관library은 디지털 시대를 맞아 기록관archives, 박물관museum 기능을 더한 라키비움Lachiveum 형태로 정보의 축적과 새로운 정보의 창출을 도모하면서 작은 도서관을 많이 탄생시키고 있다.

활용성이나 편의성은 디지털의 이북이 우세하나, 보존성은 아날로그의 종이책을 따라갈 수 없다. 따라서 도서관은 장서의 보존과 활용을 위한 공간을 꾸준히 늘려가야 하는 숙제를 안고 있다.

장애인들에게는 도서관 자료를 집까지 배달해주는 책나래서비스, 다른 도서관의 자료를 지정 대출받을 수 있는 상호대차 서비스, 나날이 새롭게 진행되는 문화강좌 등 서비스는 상상을 초월한다. 이용자들로 붐비는 도서관에서 만나게 되는 환한 얼굴들 또한 한 권의 책으로 아늑한 카페에 온 듯하다.

오늘을 딛고, 영원을 꿈꾸게 하는 도서관의 변신을 지켜보는 것으로도 눈이 부시다.

용꿈 꾸시는 당신께

박근혜 대통령에게 고마운 마음을 가지고 있었다. 그 고마움은 이명박, 노무현 그리고 문재인 대통령에게도 공히 느끼고 있다. 적어도 나 같은 사람이 언감생심 청와대의 주인으로 앉겠다고 나서지 않아도 되게 했으니 말이다. 내 작은 그릇으로는 이 말에 솔깃, 저 말에도 솔깃하여 어느 장단인 줄도 모르고 이리저리 날뛰다가 석 달도 되기 전에 탄핵 말이 나왔을 것이다.

대통령을 하겠다고 나서는 사람이 참 많다. 나라를 경영하려는 지도자에게는 어떤 덕목이 필요할까? 대통령이나 국회의원, 하다못해 지방기초의원이라도 하려는 분들은 대왕암을 찾아 한 일주일 정도 매일 목욕재계하고 바닷바람 맞으면서 일월성신께 기도라도 올린다면 분명 좋은 응답을 얻으리라.

대왕암은 경주 봉길리와 울산 동구, 두 곳에 있다.

경주 봉길리에 있는 대왕암은 신라 태종무열왕의 아드님으로 당나라와 힘을 합쳐 백제와 고구려를 평정하고 마침내는 당나라의 세력까지 몰아낸 야심 찬 군주 문무대왕의 수중릉이다. 사후 호국룡이 되어 나라를 지키겠다는 대왕의 유언에 따라 화장한 유골을 동해바다에 장사지낸 것이다.

울산의 대왕암은 문무대왕의 비 자의왕후의 숭고한 나라사랑 정신이 전설로 태어난 바위이다. 왕비 또한 사후 그 넋이 울산의 대왕암 호국룡이 되어 나라를 지키고 있다.

전자에는 나라를 경영하는 군주로서의 의지가 깃들어 있다면, 후자에는 위정자들에게 거는 백성들의 간절한 소망이 들어있다 하겠다.

고구려가 삼국을 통일하였더라면 하는 아쉬움은 있으나, 당시 약소국가 신라의 군주로서는 국제외교와 국방에 대한 안목이 뛰어났다. 그리고 나라와 백성을 사랑하는 그 숭고한 정신은 일신의 영달에 있지 않았음이 분명하다.

정치 경제 군사 등 어느 면에서나 국제적 파고는 우리 스스로가 헤쳐 나가기에는 결코 만만치 않다. 머리 맞대고 지혜를 모아야 할 때임에도 태극기와 촛불로 나라는 두 동강이 난 것이나 진배없다. 말로는 통합과 화합을 앞세우나, 서로를 포용하려는 아량은 어디에도 보이지 않는다. 나라야 어떻게 되든, 어느 진영에서나 선명성 경쟁으로 표 계산에만 몰두하고 있다.

　국가를 경영하려는 분들의 눈에 어찌 제 집안 토끼들만 보이는가. 집토끼들의 환심만 사도 당선은 이미 따 놓은 당상이라 착각하는 이들이 많다. 국가경영을 위한 종합적 소신보다는 집토끼들의 비위를 상하게 하지 않으려 뱉은 말도 거두어들이는 등 극히 몸을 사리는 이들 또한 많다. 그런 후보자는 당선되어도 집토끼들의 눈치를 살피는, 어느 한 집단의 대통령으로 머무를 것이 분명하다.

　'친구는 가까이, 적은 더 가까이'란 말이 있다. 선거 과정에서도 당선 후에도 위정자들이 명심해야 할 말이다.

　나와 생각이 다르다고 틀린 것이 아님에도 정치적 견해 앞에서는 부자간에도 등을 돌리는 것이 현실이다. 나와 생각이 다른 사람의 말에 귀를 기울여 지혜를 모아야 할 것이다.

순종은 결코 잡종을 이길 수 없다고 했던가.

태극기를 든 사람들에게서도, 촛불을 든 사람들에게서도
나라사랑의 순수함과 열정의 장점이 분명 있다. 나의 주장을
잠시 내려놓고 서로에게서 장점을 볼 수 있어야 한다.

내가,

까짓 대통령 안 되면 어떠랴.

까짓 국회의원 안 되면 어떠랴.

까짓 도지사 안 되면 어떠랴.

까짓 시장 안 되면 어떠랴.

까짓 도의원, 시의원 안 되면 어떠랴.

내가 그 자리에 오르는 게 목적이 아니라 오로지 나라의 앞
날만 걱정하는 그런 후보 어디 없소.

용꿈 꾸는 이들이여!

수행원 거느리지 말고

오로지 홀로

울산 동구 일산 대왕암공원을 찾으시오.

아름드리 해송이 100년의 지혜를

당신의 걸음걸음 속삭이리라.

내 편보다 네 편을 헤아리는
마음그릇 넓으신 그대
까짓 대통령 하지 않으면 어떠랴,
대한민국 잘되기가 소원이라면
그대
대왕암교를 건너시라.
자의왕후가 그대의 손을 잡아줄 것이로다.

죽순, 8.15 그리고 6.25

우리말과 우리글!

일제의 압제로부터 풀려나면서 우리가 가장 먼저 되찾은 것이다. 학교에서도, 관공서에서도 어느 누구의 눈치를 볼 것 없이 우리말 우리글로 자유롭게 의사를 표현할 수 있었다.

1945년 10월 죽순문학회의 전신인 竹筍詩人俱樂部(대표 이윤수)가 창립된 것은 이 감격과 무관하지 않다. 죽순시인 구락부는 이듬해 5월 1일 ≪竹筍≫을 4*6배판으로 창간하여, 2호부터는 국판으로 발간하였다.

여기서 우리가 짚고 넘어가야 할 부분이 있다. 죽순은 단순히 동인지가 아니라 해방 후 문단 최초의 시 전문지였다는 점

尚古藝術學院設立趣旨書

人間이 創造한 文化라면 어느것 하나 그렇지 않을것이 없지만 特히 藝術
은 人間 生來의 根本的인 共通感情에 뿌리를박고 있다. 그러므로 個人이나 한民
族의 性格은 藝術을 通하여 가장端的으로 나타날뿐 아니라 한地域이나 한國家의
生活感情은 藝術을通해서 世界文化의 花園에 그 異彩와 傳統을 이루어 가는 것이니 여기
에 藝術이 한個人이나 民族이 또는 地域과 國家에만 멈출수 없는 까닭이 있는것이다

그러나 藝術作品은 어디까지 個人이 創造하는것이오 그創作하는 藝術人은 그民族文化의傳統안에서
生活하는 것이다 그러므로 이미 世界文化가 民族文化의 統合体인듯이 藝術은 그民族의 傳統과 個人의 才能을
떠나서는 生産되지 않을뿐아니라 存在할수도 없는 것이다.

우리는 藝術의 天賦의 才質을 타고난 民族이라 이른다. 이는 우리의 自然과 또 厂史가 그렇
게 만든바다. 하며래도 지나간날 列蕃務心하여 偉大한 文化的遺産을 남긴 先哲의 天才的芸
術家를 이나라가 輩出했음에서 온 結果이라 할것이다

이에 우리는 珥下人類文化의 새로운 探究에 寄與할 藝術文化運動의 緊要함과 우리 民族藝
術의 傳統을 世界文化속에 참게 呼吸하고저하는 意慾으로서 이땅 古今의 文化史 속에 그 이름
을 떨친 嶺南文人의 后裔에서 그先人의 業績을 그데로하여금 民族藝術의 傳統을
재우게渺제하여 뒷날의 大成이 있게 하고저 尙古藝術學院이라는 機關을 創設하고 또後의의 英材
를 얻어 기르는 象을 어울러 누리고자 하는바이다.

尙古藝術學院은 이나라 新文芸初創期의民弊이던 尙火와 古月두분의 雅亭書畫로 그들의 遺業
을 追慕하는 同時에 溫故知新의 實踐을 꾀하고자 한다 써 嶺南에 懺鄕을 든 분이나 嶺南에
머물러 그文化의 燕澤을 食額하는 同仁들의 絶對的한 誘助가 있기를 全求하는 바이다

檀紀 一四二八四 年 十月　　　日
一九五二

尙古藝術學院 發起人一同

朴　朴　朴　朴　朴　朴　馬　羅　金　金　金　金　金　金　金　金　金　金　金　金　金　金　金　金　金　金　權　具　睦
榮　木　命　斗　賣　海　雲　式　興　鎭　準　仁　益　潤　永　泳　聖　思　思　鳳　末　東　東　東　璉　基　淵　滋　基
澹　月　祚　鎭　俊　松　艽　卿　元　敎　泰　黙　朱　鎭　皋　壽　備　泰　訓　燁　算　峰　振　里　史　鎭　鎭　龜　均　鐶

李　李　李　李　李　李　李　李　李　李　尹　尹　柳　柳　柳　王　吳　呂　梁　楊　沈　甲　申　宋　宋　石　徐　徐　白　朴　朴
鍾　禎　潤　棠　淳　雪　相　沐　德　一　甲　根　致　致　學　相　相　柱　明　載　鉉　昌　斗　詮　仁　鍾　東　基　逸　鍾
厚　樹　守　亭　照　舟　旿　丙　珍　道　基　秀　環　眞　洙　淳　源　東　文　源　燦　休　煥　度　壽　勳　辰　萬　兒　和

洪　崔　崔　崔　崔　崔　崔　崔　崔　崔　蔡　朱　趙　趙　趙　鄭　鄭　鄭　田　張　林　李　李　李　李　李　李
永　光　海　海　貞　貳　仁　成　象　致　德　汶　德　芝　龍　若　夏　常　飛　淑　德　秉　興　孝　鎬　浩　皓　海
義　烈　鍾　龍　照　聯　旭　煥　德　順　弘　植　根　薰　基　珽　澤　和　石　膰　祚　鎭　㷩　祥　雨　錫　根　浪

이다. '용지난으로 2개월이나 늦어졌다.'(동년 8월 15일 발간된 제2호 편집후기)는 대목과, 통권 9호(49년 1월 15일 발간, 1·2월)와 통권 10호(동년 4월 1일 발간, 3·4월)가 합병호라는 사실에서 월간지였다는 사실을 짐작할 수 있다. 당시 정기간행물의 발간은 미군정청의 허가를 받아야 했다. 이는 언론제재의 목적 외에 용지난도 하나의 사유였다.

1948년 정부 수립 때까지 188종이나 되는 정기간행물이 나왔고, 1948년에는 ≪문장≫지와 김동환의 ≪삼천리≫가 복간되었다. 1949년 8월에는 모윤숙에 의해 ≪문예≫지가 발간되어 우리 문학사에 큰 몫을 담당하였다. 대구·경북에서는 1946년 4월 월간 ≪아동≫(이영식 발행)에 이어 6월에는 ≪새싹≫(최해태 발행)이 창간되었다. 광복 후 정부 수립 때까지 좌우 양 진영에서 188종이나 되는 정기간행물의 홍수 속에서 죽순이 살아남기는 실로 어려운 일이었다.

1947년 9월 어느 날 김소운이 명금당을 찾아와 대구 출신의 민족시인 이상화 시비를 세우자고 제안을 하자 죽순동인들이 즉석에서 찬성했다. 부서를 정하고 활동에 들어가 이듬해 3월 14일 전국 최초의 오석 시비가 달성공원에 세워졌다.

1949년 2월 5일에는 경복장에서 7인합동출판기념회가 열렸다. 이날의 주인공은 시집 『산』을 낸 이효상, 『들국화』의 이설주, 『대낮』의 신동집, 4인 시집 『청과집靑顆集』을 낸 황윤섭, 윤계현, 김성도, 박목월 등 일곱 사람이었다. 1951년 5월 22일 한국전쟁 기간 중임에도 1930년대 초에 활동하다 요절한 여류작가 백신애 추모회를 마련하였다. 이날 모임에는 백기만, 유치환, 장덕조, 구상, 전숙희, 김요섭 등이 참석하여 대성황을 이루었다. 당시는 집회허가가 필요했기 때문에 대부분의 문학행사는 죽순이 주도하였다.

좌우대립의 와중에서 전국문화단체총연합회全國文化團體總聯合會: 약칭 문총 경북지부 설립조차 불발이 된 가운데서도 6.25 한국전쟁 기간 중 대구가 문총구국대의 활동 중심이 될 수 있었던 것은 경향 각지의 문화예술인들을 연결하는 교량이자 사랑방 역할을 한 죽순이 있었기에 가능했다.

이효상 대장을 중심으로, 김사엽, 이윤수, 김진태, 최계복, 강영기, 김영달, 조상원, 백락종, 유기영, 이호우, 김동사, 최해룡, 박양균, 신동집 등의 경북문총구국대는 중앙문총구국대(대장 김광섭)와 합류하여 『전선시첩』 제작과 '8·15기념행사'를 한일극장에서 갖는 등 선무활동을 활발하게 전개했다.

『전선시첩』은 4*6판 44쪽에 불과하였으나 젊은이들의 전의를 높이는 데 크게 기여하였다. 1951년 1월에 나온 『전선시첩』 2집은 문총경북지대원만의 작품으로 꾸며졌고, 3집은 편집을 해 놓고서도 햇빛을 보지 못했다. 1984년에는 석우의 집념으로 『전선시첩』 합본合本이 수록시인 프로필까지 넣어 재발간되기도 했다.

대구의 문인들은 피란 문인들과 함께 상화와 고월의 머리글자를 딴 상고예술학원을 출범시켰다. 전쟁의 혼란 속에서도 우리나라 최초의 문학예술 전문교육기관으로 자리 잡은 상고예술학원은 아쉽게도 종전과 함께 문을 닫고 말았다.

지역 문인들이 종군문인들과 피란문인들로 '전시문단'을 형성하자 문학에의 관심은 학생들의 동인활동에 불을 붙이는 등 문학의 저변을 두텁게 하였다. 아이러니하게도 6.25가 죽순은 물론 대구 문학을 비롯한 문화예술계의 르네상스를 여는 데 일조하였다고 볼 수 있다.

조국광복과 6.25 한국전쟁기, 실로 죽순의 전성기였다. 이때를 즈음하여 대구가 한국문단의 변방이 아니었던 것은 그 중심에 석우 이윤수와 죽순시인구락부가 있었기 때문에 가능한 일이었다.

지역문학을 위하여

"지방에서 열리는 행사, 지방단체장은 홀대"

어느 신문 기사의 제목이다. 홀대의 원인이 중앙정부의 주요 인사들을 우선하기 때문이라는 점을 알 수 있다. 만약 "지역에서 열리는 행사, 지역단체장은 홀대"라는 제목이었다면 그 홀대의 주체가 지역 주민이거나 행사 진행자임을 짐작할 수 있다. 이처럼 지방이라는 말은 중앙정부 혹은 서울 본부에 대칭되는 말로서 중앙에 예속되어 있다는 것을 은연중 드러내게 된다.

지방자치 실시 20년, 지방자치제가 제자리를 잡아가고 있다고는 하나 온갖 제도의 운용은 사람이 하는 일이라 '중앙으로의' 의식은 좀처럼 바뀌지 않는다. 지방은 여전히 지방脂肪과 마찬가지로 관심에서 멀어져 있다. 하지만 지방脂肪 그 자체는 생명체의 입장에서 보면 5대 영양소 중 하나로 꼭 필요하다. 우리가 영양을 섭취하면 일단 지방으로 비축되었다가 인체가 활동할 때 열량원이 된다.

지방보다는 지역이란 용어가 더 적절하다.

지방地方이란 말은 중앙에 의존하거나 예속된 하찮은 낙후된 지역이란 함의를 지닌다. 지방脂肪과 같은 대단한 영양소마저 달갑잖은 군살로 여겨진다.

사람과 정보, 역량이 모여들어 서울이 정치 경제 문화 등 많은 방면에서 우세하다 할지라도 서울은 나라의 한 부분으로서의 지역이어야 한다. 서울 이외의 지역으로서 역량이 상대적으로 열악하더라도 이 또한 나라의 한 지역이라 아니할 수 없다.

문학판 역시 한 지역의 문학이 주변문학의 범주에 있다 하여 중심문학보다 수준이 뒤떨어질 수는 있지만 중심문학을 능가할 수 없다고 단언할 수만은 없다.

지역문학의 발전방향에 대한 논의에 앞서 우선 지역문학의 개념을 설정해야 할 것이다. 미디어의 발달로 시간과 공간의 제약이 미미한 문명시대를 살고 있다. 마음만 먹으면 실시간 접속이 가능한 시대이다. 작가의 창작공간이 서울이냐 지역이냐가 작품의 질에 영향을 주지는 못한다. 따라서 중심과 주변 또는 지역을 굳이 따질 필요는 없지만 공간이 가지는 엄연한 차이와 차별을 부인할 수는 없다.

　지역에 거주하는 작가가 가급적 지역을 소재로 작품 활동을 하고 지역에서 작품을 발표하거나 책을 출간하여 전국 또는 세계 시장을 확보한다면 가장 성공적인 지역문학의 사례라 할 것이다.

　경제논리로 따지자면 작품의 생산과 관련하여서는 지역 위주로, 소비의 문제에서는 전국 또는 세계 지향이라는 이율배반의 문제가 수반된다.

　아무튼 지역문학의 개념을 우리의 건전한 상식으로 공유 가능한 범주로 느슨하게 잡아도 지역문학의 발전 방향에 대한 논의에서는 크게 이견이 없을 것이다. 또 이에 대한 지역 자치정부 관계자나 시민, 작가들도 같은 인식을 하고 있다고 본다.

군이 지역문학이라 내세우고 발전시키려면,

　지역의 독특한 산업이나 문화적 배경을 특화함으로써 경제 혹은 문화적 유발효과를 기대하고 있는가,

　지역 작가들의 창작 역량을 강화하기 위한 프로그램은 마련하고 있는가,

　빼어난 작품, 유망작가를 지원하기 위한 행정 및 재정적 장치는 마련되어 있는가,

　경험이 능력을 신장시킨다. 지역 축제 등에서 지역 작가를 얼마나 활용하고 참여시키고 있는가,

　문학작품의 소비시장이 대도시에 치우쳐 있는 게 사실이나, 다행히 물리적 공간보다 어떻게 소비자에게 접근하느냐 그 방식이 더 중요하다. 지역 내 도서관이나 서점, 또는 타 지역과 연계한 소비망은 제대로 구축하고 있는지, 그리고 블로거 집단 등과는 어떻게 연계하고 있는가,

등 원론적으로는 지역문학의 발전 방안에 대하여 많은 분들이 이해관계를 떠나서 의견의 일치를 보이고 있다. 다만 실행을 위한 액션만이 남아있을 뿐이다.

수필, 장르 명을 생각해보다

일제 강점기를 살아온 사람들은 운동화를 와신토라 일컬었다. 게다를 신던 일본인들이 최초로 접한 운동화의 브랜드 명 '와싱턴'이 곧 운동화의 대명사가 되어 보통명사로 전락했던 것이다. 우리가 한때는 복사하는 행위나 복사기를 제록스라 했다. 제록스는 미국의 복사기 제조회사 이름이다. 이후 다른 회사의 복사기 제품도 제록스라 불린 적이 있다.

이름은 모양이나 성질을 구분하는 이르다[謂, label] 혹은 목표치 또는 목적지까지 이르다[達, arrive]의 명사형이다. 전자의 경우에 따라 와신토, 제록스라는 이름으로 통용되었어도 아무 문제가 없었다. 여러 회사에서 운동화를 앞다투어 개발,

유통시킴으로써 '와신토'는 새 보통명사 운동화에 자리를 양보해야 했다. 제록스 또한 인쇄복합기로 이름도 기능도 바뀌었다.

수필隨筆, 역시 이와 다르지 않다.

남송시대 홍매洪邁(1123-1202)의 용재수필容齋隨筆에서 비롯되어 우리나라에서는 도제수필陶濟隨筆(윤훤; 1564-1638), 독사수필讀史隨筆(이민구; 1589-1670), 한거수필閒居隨筆(1688, 조성건), 상헌수필橡軒隨筆(안정복; 1712-1791), 일신수필馹迅隨筆(박지원; 1737-1805) 등에서 보는 바와 같이 수필은 저작물의 꾸러미 이름이었다.

서구에서는 몽테뉴(佛)의 『les Essais』(1588)와 베이컨(英)의 『The Essays』(1597)가 출간됨으로써 Essay 또한 책 이름으로 출발하였던 것이다.

글쓰기 양식은 기술의 발전과 밀접하다.

문자 이전 시대에는 시詩의 시대가, 이후 시대 특히 종이제조기술과 인쇄술이 발달하고는 일기, 기행문 등의 산문 시대가 열렸다. 다만 글쓰기 능력을 인정받은 어느 정도 부가 축적된 문사들만이 활자 시대의 혜택을 누렸다. 인터넷을 주로 하는 웹 시대에는 누구나 글을 쓰고 발표하는 것이 가능하여 산문 영역의 글쓰기가 확대되었다. 또 스마트폰 시대에 들어서는 한두 화면으로 소화할 수 있는 시와 산문의 융합을 앞당겼다.

필자는 한·중·일 수필가들과의 교류를 꿈꾸고 있다. 수필가들을 소개받으려고 수필 장르에 대해 설명하는 일이 매우 궁색했다. 韓國隨筆家協會의 명함을 내놓아도 한자문화권인 그들에게는 선뜻 이해가 닿지 않았다. 그들 역시 隨筆을 '붓 가는 대로'로 연상했음인지 산문보다 한 단계 낮은 수준의 글쓰기로 인식하는 것 같았다.

중국에서는 소설 또는 우리식 수필을 쓰는 작가를 산문가라 했다. 용재수필에 대해 입을 떼니 스마트폰을 검색해보고 그제서야 알겠다면서 미소를 지었다.

수필은 한국에서 진화 발전되고 있는, 시나 소설로는 다할수 없는, 고유한 문학양식이다. 국내에서조차도 '붓 가는 대로'가 아님을 굳이 변명해야 하니 피곤한 일이다.

소논문이나 비평문, 칼럼까지 포괄하는 에세이가 문학과 비문학의 영역에 걸쳐 있음은 주지의 사실로 받아들인다. 그러나 많은 수필가들이 칼럼이나 비평, 소논문 등을 문예물로 보려 하지는 않는다. 또 수필의 창작형태가 미셀러니나 인포

멀 에세이에 가깝지만 자신의 작품이 여기에 해당된다고 말하면 얼굴 표정이 밝지 않다. 산문보다는 수필이란 말을 더 선호한다. 그만큼 수필에 대한 애정이 남다름을 알 수 있다.

발을 다쳤을 때, 가볍고 제작하기에 편리한 알루미늄 의료 보조용구를 사용한다. 이게 아직 목발로 불리고 있다.

순혈주의 분위기에서도 학자가, 시인이, 소설가가 전공영역을 달리하여 일탈을 꿈꿨던 소통 꾸러미가 수필이요, 에세이였다. 신선했다.

이제 전업수필가가 생겨나고, 수필에 뼈를 묻으려는 작가들이 줄을 잇는다. 사정이 이러함에도 여기餘技나 2군을 자처하는 뉘앙스의 수필이 목발로 불리는 알루미늄 의료 보조 용구의 경우와 무엇이 다르랴.

■ 활동연보

□ 교육 문화 예술 활동

1982 - 현재	도서출판 북랜드 창업, 경영
1984 - 1986	어린이문예지《소년과소녀》창간-8호
1993	책의 해, 대구 전시 유치
1996 - 2007	월간《시사랑》창간, 발행인
1999 - 2000	호국보훈시사랑낭송회(육군3사관학교)
2000 - 2001	육군3사관학교 외래교수
2001 - 2012	대구과학대학교 겸임교수
2005 - 2015	서강출판포럼 부회장
2005 - 현재	구상문학관 수필동인 꽃자리 지도교수
2006 - 현재	대구교육대학교 수필과지성 지도교수
2007 - 현재	계간《문장》창간, 발행인
2008 - 2015	이상화기념사업회 이사
2009 - 2010	대구수필가협회장
2011 - 2014	한국문인협회 저작권옹호위원
2012 - 현재	대구교육대학교 평생교육원 외래교수
2012 - 현재	경주문예대학 강사
2012 - 2018	죽순문학회장
2015 - 2017	대구문인협회장
2015 - 현재	학교법인 관송교육재단 이사
2016 - 현재	(사) 국제펜 한국본부 이사

2016   국립한국문학관 대구유치공동상임위원장

2016 - 2017 대구문학관 운영위원장

2017 - 현재   대구출판산업지원센터 운영위원장

2018 - 현재   대구중구도심재생문화재단 이사

2018 - 현재   (사)한국수필가협회 이사장

2020 - 현재   한국문예학술저작권협회 이사

□ 세미나, 심포지엄

2011. 08. 05 발제 : 우리는 형제
                  (수필과지성 대마도역사문학기행 한일 세미나)

2013. 12. 24 좌장 : 죽순, 대구문단의 여명
                  (세미나, 죽순문학회)

2014. 06. 09 발제 : 상화정신, 대구를 넘어 세계로
                  (세미나, 이상화기념사업회)

2014. 11. 07 발제 : 이상화문학과 대구정신
                  (6대광역시제주특별자치도 문학교류전)

2014. 12. 04 발제 : 해외문학교류와 상화정신 현창
                  (세미나, 죽순문학회)

2015. 05. 23 좌장 : 항일민족시인 이상화
                  (한중일 국제 세미나, 이상화기념사업회)

2015. 11. 20 발제 : 대구의 근현대문학
                  (전북국어교사회 연수회)

2016. 03. 16 강연 : 봄의 시인, 이상화를 말하다

(민립의숙 대구시민학교)

2016. 04. 22 좌장, 발제 : 국립한국문학관 대구유치

(한국예총 대구지회 심포지엄)

2016. 05. 21 기획 : 상화의 대구, 대구의 상화

(세미나, 이상화기념사업회)

2016. 06. 23 좌장 : 전통건축 그 순례의 길 수필문학을 묻다

(제35회 심포지엄, 한국수필가협회)

2016. 07. 01 발제 : 한국수필문학의 현주소와 미래방향

(대구수필가협회 여름세미나)

2016. 07. 26 기획참여 : 죽순, 그 열두 마디의 외침

(대구문학관)

2016. 10. 25 발제 : 문학진흥중장기대책마련 지역순회 토론회

(문화체육관광부)

2016. 10. 28 좌장 : 죽순 70주년 기념 한일 세미나

(죽순문학회)

2016.   기고 : 대구문화지도의 복원, 윤장근

(대문 겨울호, 대구문화재단)

2017. 05. 25 강연 : 수필문학의 향기 따라 나를 찾아나서다

(문화체육관광부, 도서관 길 위의 인문학)

2017. 06. 29 발제 : 수필, 노벨문학상 가능한가

(제36회 심포지엄, 한국수필가협회)

2017. 08. 15 좌장 : 한중일 정형시 포럼

      (동아시아문학제)

2018. 04. 21 강연 : 의미와 만나다

      (한국문협 인도네시아 지부, 자카르타)

2018. 10. 12 발제 : 수필을 통해 본 윤동주의 고뇌

      (한국수필가협회, 일본 후쿠오카)

2019. 04. 26 좌장 : 수필인의 창조적 활동과 미래

      (한국문인협회 수필의날 심포지엄, 청주)

2019. 10. 19 발제 : 한국 산문문학과 수필문학

      (한국수필가협회, 중국 항주)

□ 신문 방송 기타

2009.   대구 북성로 향촌동 예술인 표징작업

      (대구광역시중구청, 매일신문, 2. 10.자)

2012. 02. 18 MBC문화요. (포토인터뷰) 출연 5′ 23″

2013. 08. 17 특집 인터뷰 : 자서전 쓰기 열풍(영남일보)

2014. 02. 13 KBS 자서전 쓰기 대담 출연

2016. 04. 25 MBC 시사톡톡,

      국립한국문학관 대구유치 대담(1시간)

2016. 11. 16 실버문학 열풍(TBC 뉴스)

2018. 02. 28 특집 인터뷰 : 대구경북의 문인(대구일보)

□ 저작 활동

2020   수필집『눈부처』

2014   수필집『너인 듯한 나』

2014   이론서『글, 맛있게 쓰기』

2014   평론집『로고스@카오스』

2014   영문에세이집『Half Flower』

2011   수필집『실키의 어느 하루』

2005   수필집『하프 플라워』

1993   수필집『웃는 연습』

2001   『문인등단 매체와 제도개선에 관한 연구』
　　　(서강대학교 석사학위 논문집)

□ 수상

1998   제2회 대구수필문학상

2007   대구문학상

2016   대구예술상 대구시장 표창

2018   대구시문화상(문학 부문)

2020   제39회 조연현문학상

코이 치어는

책상 위 작은 어항에서는

3~8cm 정도로 자라지만

수족관에 넣으면 30cm 정도,

연못에 넣으면 70cm 이상까지

자란다고 합니다.